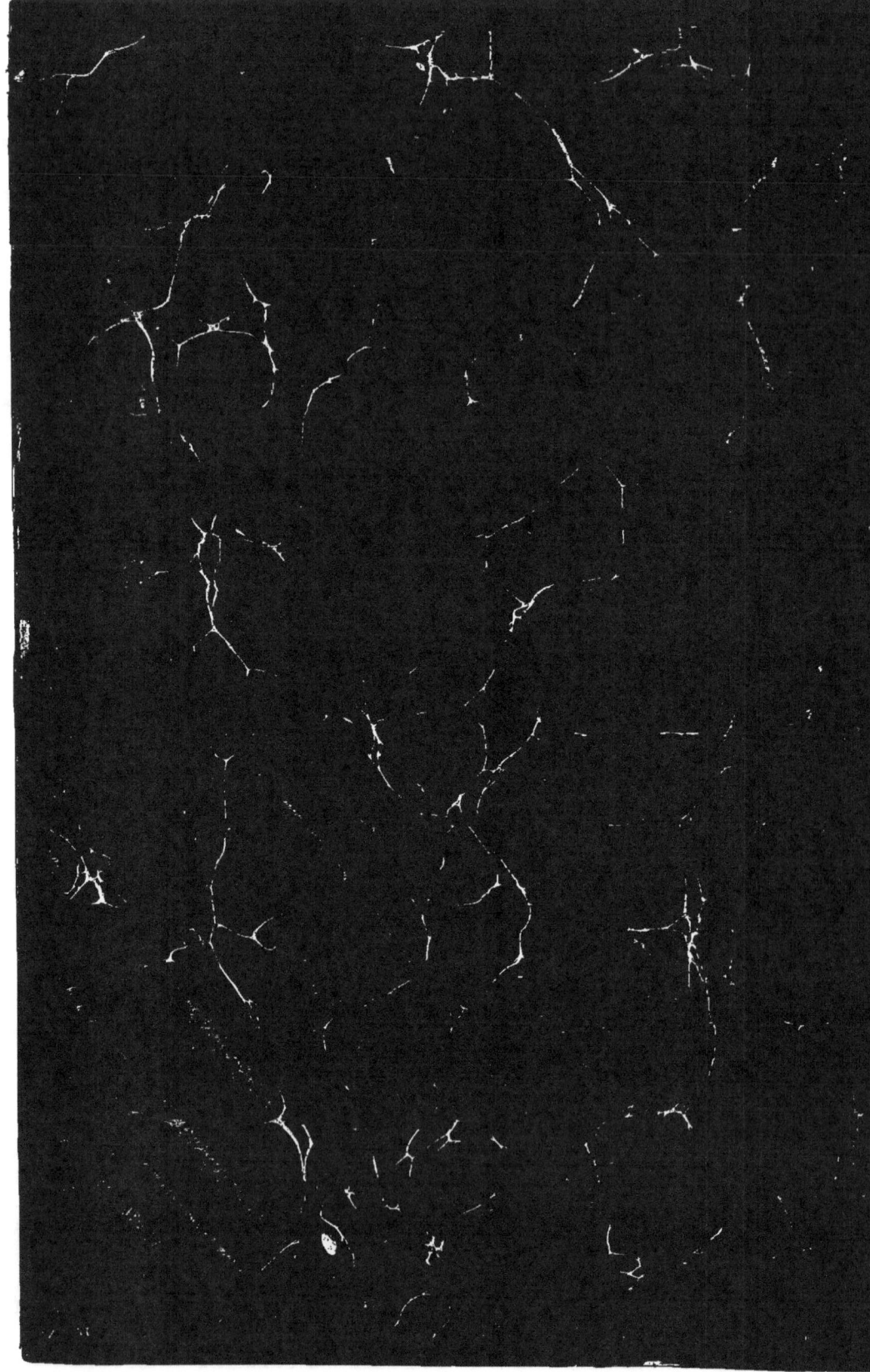

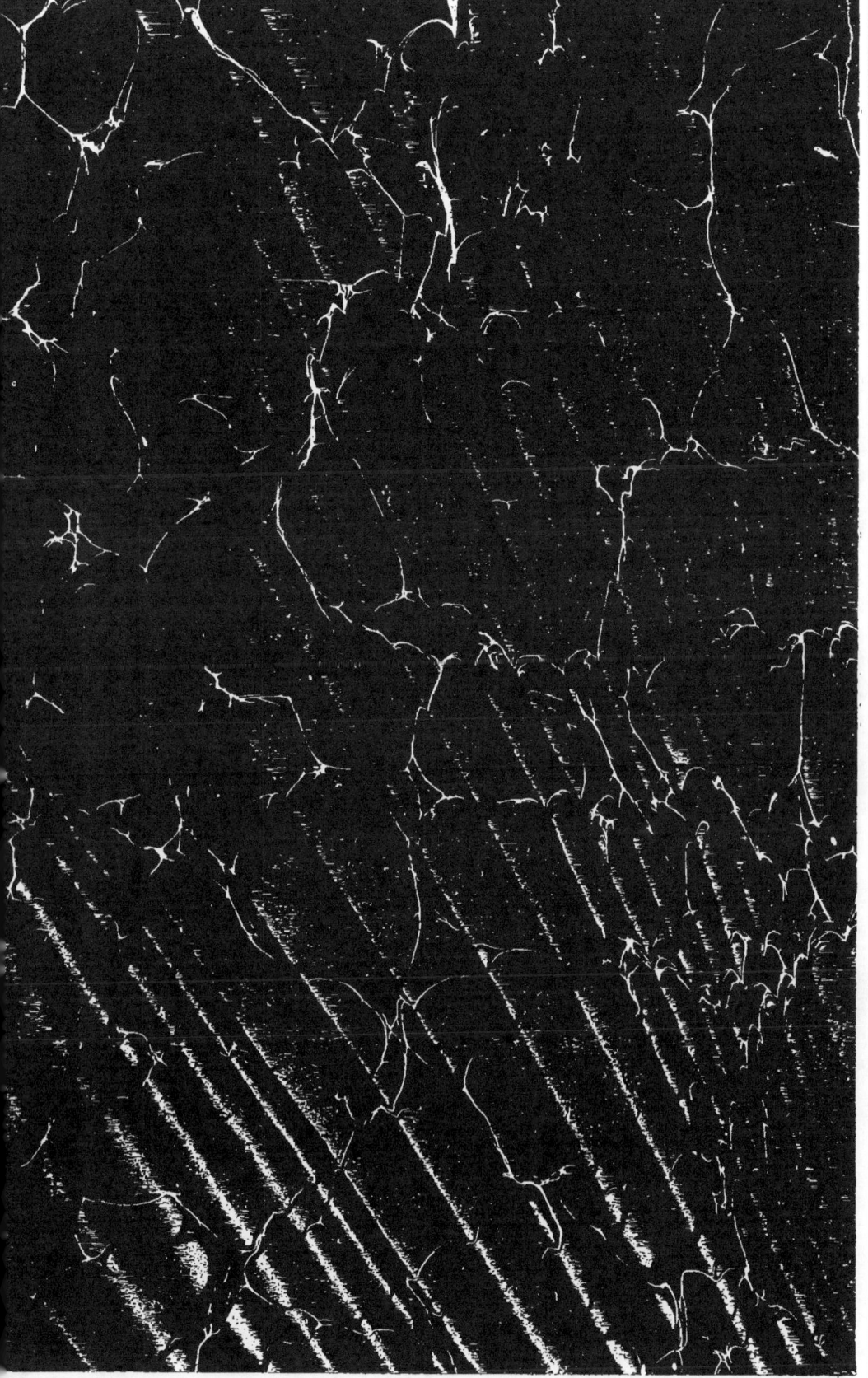

LA COUPE DE L'EXIL.

GRENOBLE. — TYPOGRAPHIE DE F. ALLIER,
Grand'Rue, cour de Chaulnes.

LA COUPE

DE L'EXIL

PAR

JEAN-PIERRE VEYRAT.

GRENOBLE,

F. ALLIER, LIBRAIRE-ÉDITEUR,

GRAND'RUE, COUR DE CHAULNES.

—

1845.

NOTE DE L'ÉDITEUR

———

Le livre que nous offrons au public et qui paraît en France aujourd'hui pour la première fois, n'est pas un de ces mille volumes de vers que l'on voit éclore et mourir dans la même journée et pour qui l'indifférence n'est que justice, et l'oubli que générosité. La sensation profonde

qu'il produisit dans le pays de l'auteur à son apparition
est un fait connu et avoué par tous ses compatriotes. La
première édition (*), écoulée à moitié en moins de quinze
jours, se trouva entièrement épuisée au bout de six mois,
et cela sans le concours des journaux, sans annonces d'aucun genre, sans aucun des moyens ordinaires de la publicité. Une seconde édition (**) a paru depuis quelques jours
et n'est pas promise à un succès moins rapide et moins
grand. Si l'on considère maintenant que la Savoie compte
à peine la population d'un département de France, que
les œuvres littéraires les plus distinguées de notre temps
n'y rencontrent qu'un nombre très-restreint de lecteurs et
que cependant la *Coupe de l'exil* y est répandue en ce moment à plus de 1800 exemplaires (chiffre réel), ce succès
obtenu en dehors de toutes les conditions accoutumées du
succès, dans une province étrangère et reculée, loin de
Paris et des coteries littéraires, ne semblera pas un des
phénomènes les moins curieux de notre histoire littéraire
contemporaine.

La cause de ce succès singulier est toute entière, ce
nous semble, dans la profonde vérité comme dans la profonde moralité de cette poésie. L'accent humain s'entend

(*) Imprimée à Grenoble par Prudhomme, 1841.

(**) H. Blanc, éditeur, à Moutiers (Savoie).

dans chaque note de ce sombre et douloureux concert.
Ici, la poésie est avant tout réelle et vivante, l'art y occupe la moindre place. La nature y est traduite dans son
expression la plus vraie et dans ses émotions les plus sin-
cères. Les passions-mères du cœur humain y sont atta-
quées par le côté le plus pathétique et le plus émouvant.
Les douleurs contemporaines y sont reproduites avec un
cri si déchirant et si étouffé quelquefois, qu'on dirait le
désespoir s'il n'allait se perdre enfin dans le sein de
l'amour et de la foi. En un mot, ce n'est pas ici la poésie
du rêve et de l'idéal, mais la poésie de l'épreuve, dans
la réalité de ses angoisses, comme dans sa haute moralité.

Comme poëte et comme prosateur, l'auteur de la *Coupe
de l'exil* nous semble appelé à une haute position littéraire. Esprit sincèrement original, dédaigneux du banal
et du vulgaire, il ne recherche pas néanmoins l'étrange et
le bizarre. Moraliste et religieux par le cœur encore plus
que par la pensée, la vue du mal l'attriste et le désole
comme une infortune personnelle; il en dévoile les ori-
gines avec une âcre amertume. Nous ne croyons pas que la
spéculation des idées et la contemplation des causes aient
jamais revêtu chez aucun de nos poëtes un caractère de
douleur plus intime et plus personnel.

En donnant ainsi les motifs qui nous ont décidé à nous
charger d'un volume de poésie, dans ces temps de maté-

rialisme et de prose, nous croyons n'avoir rien dit que ne puisse justifier le livre lui-même. Nous laissons à d'autres à faire la part de la critique. L'édition que nous publions ne sera pas moins favorablement accueillie de la France, cette noble terre des lettres et des arts, que ses deux aînées ne l'ont été dans le pays de l'auteur. Après avoir donné asile au poëte dans ses jours d'épreuve, elle ne refusera pas, nous osons l'espérer, une glorieuse hospitalité à son œuvre.

L'Editeur.

Nel mezzo del cammin di nostra vita
Mi ritrovai per una selva oscura,
Che la diritta via era ismarrita :

Eh quanto a dir qual era , è cosa dura ,
Questa selva selvaggia , aspra , e forte ,
Che nel pensier rinnuova la paura ,

Tant' è amara , che poco è più morte.

DANTE ALLIGHIERI , *Dell' Inferno* , canto I.

Il est dans les esprits éminents une pensée terrible qu'ils n'osent s'avouer toute entière. Des signes funestes se sont montrés dans le ciel de la civilisation. Des symptômes alarmants ont effrayé les intelligences qui s'occupent de l'avenir. Il n'est plus temps de se le dissimuler : la société penche vers sa ruine. Nous assistons aux prodromes d'une crise semblable à celle qui emporta l'empire romain. Il est temps encore de la conjurer ; nous le croyons, nous en avons la ferme espérance ; s'il en était autrement, nous n'eussions pas pris la plume pour écrire des avertissements inutiles. Nous pensons que, dans une lutte pareille, aucune des forces de la société ne doit être négligée, et c'est pour cela que nous n'hésitons point à y apporter les nôtres, si faibles qu'elles soient d'ailleurs.

L'homme et la société existent par deux idées fondamentales : la liberté, l'unité. La liberté est la force de l'homme, l'unité est la force sociale. Quand l'une de ces deux forces fait violence à l'autre, la civilisation est compromise et la société est en alarmes. L'histoire toute entière n'est que le drame résultant de ces deux forces en action et en réaction, l'une sur l'autre, dans des faits multiples et divers en apparence, mais simples et identiques au fond.

Il avait été réservé à la grande idée catholique de trouver l'équilibre divin et comme le compensateur de ces deux forces opposées, de préparer ainsi le terrain à la plus magnifique civilisation dont les annales du monde aient jamais parlé. Elle avait constitué l'unité par le dévouement, et le dévouement par la liberté même. Elle avait orienté la société à l'amour du prochain, et l'homme à l'amour de Dieu. Nous ne croyons pas trop dire en avançant que le catholicisme pouvait seul donner une moyenne à ces deux idées, une tangente à ces forces contraires,

et les faire se pénétrer dans une puissante concentra-
tion.

Mais aujourd'hui que l'on prétend mettre le catholicisme hors de la discussion, si la lutte impie commencée
par le dix-huitième siècle et continuée par le panthéisme
moderne et ses affiliations, réussissait, pour l'éternel
malheur des peuples, à le décrier dans les intelligences
des masses, l'équilibre se trouverait de nouveau rompu,
et la question, posée, comme dans les âges barbares, dans
ses deux termes uniques, dont l'un aboutit au despotisme
pur, l'autre à l'anarchie qui est la négation même de la
société.

Quelle que soit d'ailleurs la forme du gouvernement,
la tyrannie et le despotisme n'existent pas dans une société
vraiment catholique. Ils ne peuvent y pénétrer que par
une brèche pratiquée au sein même de la croyance publique. Les gouvernements catholiques sont ainsi la garantie la plus forte de bonheur pour les peuples, d'avenir
et de durée pour la civilisation. D'un autre côté, quelle
que soit sa base, la liberté, dans une société qui n'est pas
ou qui a cessé d'être catholique, incline sans cesse à l'anarchie et aboutit fatalement à sa propre dissolution.

Ceci est l'argument le plus décisif que puisse fournir
la politique contre le matérialisme et ses dégénéres-
cences.

Nous défions le matérialisme, dans une logique absolue, de faire aboutir l'unité sociale ailleurs qu'au despotisme, et la liberté de l'homme autre part qu'à l'anarchie, à moins qu'il n'ait la prétention de retrouver dans la conséquence ce qu'il n'a pu introduire dans le principe.

Le matérialisme conclut forcément à l'égoïsme. L'égoïsme, comme élément passif, est un principe neutre, c'est l'isolement et la solitude; comme principe actif, il fait de l'individu le centre et le but de toute l'activité humaine. Il n'y a plus avec lui aucune société possible, car le parricide même peut tenir dans sa conséquence extrême.

J.-J. Rousseau s'était posé en dehors du catholicisme; il a écrit que l'homme était né pour rester dans les bois, et que l'homme qui pense est un animal dépravé. Il eut le courage de la logique; parti d'un principe faux, il arrivait à l'absurde.

La liberté proclamée dans tout autre sens que dans le sens catholique est donc une enseigne mensongère, un drapeau de faction.

L'unité en dehors des mêmes conditions n'est que l'étendard et la puissance de la tyrannie.

Maintenant, si l'on veut considérer l'état social et politique de l'Europe tel que l'ont fait les divers systèmes qui la travaillent depuis la chute de l'empire romain, l'on y trouvera une démonstration frappante des vérités que nous venons d'exposer. En dehors du christianisme, tout s'écroule dans l'impuissance et dans le désordre; l'empire ottoman n'existe plus que sur la carte. La société du Koran, ce symbole de la puissance matérielle et du despotisme, s'engloutit dans les abîmes de son principe même; les sociétés, chrétiennes encore, mais qui se sont détachées de la racine catholique, continuent d'exister, parce qu'elles sont restées dans le voisinage de la doctrine fondamentale; mais elles languissent, et le travail de dissolution qui les mine est patent à tous les yeux. La forme féodale qui, dans les mains et sous l'influence du catholicisme, se produisit comme un premier acheminement vers une grande organisation, apparaissant de nouveau sur le déclin d'une société, est un symptôme funeste pour l'avenir. Nul ne peut nier que le mouvement qui se manifeste dans les sociétés protestantes ne soit un mouvement parallèle, quoiqu'en sens inverse, au mouvement qui constitua la féodalité, après les grandes migrations des barbares. Elles sont arrivées là par le morcellement de l'unité chrétienne, comme les barbares y étaient venus par le morcellement de l'empire. Ce qui se fit alors dans le monde matériel se fait chez elles aujourd'hui dans les régions de l'intelligence. Or le monde matériel, fractionné par les barbares, arriva à l'unité organique par l'invincible attraction du catholicisme; mais le monde des intelligences entrant lui-même en dissolution pour avoir déserté le principe d'attraction, quelle force pourra l'arrêter? — Si donc la marche du protestantisme vers sa ruine semble quelquefois arrêtée ou ralentie, c'est, comme nous l'avons dit, qu'il est resté dans le voisinage de l'idée-mère; d'un autre côté, les états catholiques pèsent de toutes parts sur les sociétés protestantes et les contiennent par leur poids immense. Il nous serait facile de pousser notre démonstration dans ses dernières limites, de mettre à nu l'impuissance latente ou patente déjà des états helvétiques et germaniques, de découvrir la plaie qui ronge l'Angleterre, et l'obstacle qui s'oppose à l'organisation définitive des sociétés schismatiques du nord. Mais, pour une pareille démonstration, ce ne serait pas trop d'un volume, et nous n'émettons ici que des idées sommaires. Selon toute apparence, les sociétés protestantes du centre de l'Europe seront réabsorbées par le catholicisme; les autres périront par la conséquence dernière de leur principe.

Du moment que ces idées eurent acquis pour nous la puissance de la conviction, qu'il nous fut démontré que la politique de la France, pouvoir et partis, était une politique protestante dont le triomphe ne pouvait amener que le bouleversement du monde et la ruine de ce grand royaume, nous nous sommes retirés de la lutte où nous nous trouvions engagés par les circonstances plus que par notre volonté, par l'entraînement plus que par la réflexion, et par l'exaltation des premières lectures plus que par la studieuse méditation des principes et de l'histoire.

Il n'est jamais venu à l'idée de personne de rendre un homme mûr responsable de ses opinions émises au collége; or que peut faire un écrivain de vingt ans, sinon des amplifications de rhétorique?

Ce livre est le premier ouvrage de quelque importance, sinon par l'excellence de la forme, au moins par l'idée qu'il porte, qui soit sorti de notre plume. Si nous en désirons le succès, ce n'est point que nous croyions à sa valeur comme œuvre d'art; nous savons mieux que personne combien l'expression y est restée au-dessous de l'idée, et combien ses imperfections le rendent indigne du rôle auquel il aspire; mais c'est que sa réussite serait un évènement de bon augure pour la cause des principes qu'il défend.

Il est une des pièces de ce volume sur laquelle nous ne pouvons nous empêcher de dire un mot. Childe-Harold est à nos yeux le symbole social, le type réalisé de la philosophie du dix-huitième siècle ; c'est la dernière expression de l'impuissance de l'idée encyclopédique. Un jeune homme, ruiné dans ses espérances divines et dans sa foi, demande aux plaisirs de la terre, à la volupté, à la débauche

le bonheur qu'il a perdu. Il était arrivé à l'incrédulité par
le doute, il arrive à la satiété par les plaisirs. Ce n'est plus
un homme, c'est une ruine. Il part pour un voyage sans
but, quel but peut-il avoir? Il connaît tout, il méprise
tout. Depuis le livre de Job, jamais la douleur n'avait
poussé un cri plus déchirant. Job n'était encore que la
douleur; Childe-Harold, c'est le désespoir. Il cherche
l'oubli, il n'y a pas d'oubli! l'espérance, elle est morte!
l'avenir, c'est le néant! Cet horrible et sublime poëme
est comme l'hymne anticipé des funérailles de l'humanité. C'est sous l'impression de ces idées que fut écrite la
pièce dont nous parlons, et nous désirons que le lecteur
ne l'oublie pas en la lisant.

En rentrant en Savoie, il nous a été consolant de voir
que notre patrie n'avait pas dégénéré de ses glorieux pré-
cédents dans la philosophie et dans les lettres. Sous ce
titre trop modeste *Guide du Catéchumène vaudois*, nous devons à Mᵍʳ Charvaz, évêque de Pignerol, un ouvrage de
haute philosophie, où la question pendante entre le protestantisme et le catholicisme est traitée à fond et victo-
rieusement résolue. Ce livre, d'une patiente érudition et
d'une logique profonde, a fixé l'attention de tous les esprits
sérieux. Écrit dans un style simple et grave, il unit à la
puissante dialectique du philosophe l'onction pénétrante
du chrétien. Nous devons aussi à la plume de l'illustre pré-

lat une savante dissertation sur la vraie *Origine des Vaudois*, qui réduit à leur valeur les prétentions de cette secte religieuse, et fixe définitivement la date de sa première apparition dans le monde. Le livre de l'*Influence des lois sur les mœurs, et des mœurs sur les lois*, continue avec gloire cette série de bons penseurs dont notre pays est fier. Ce n'est pas le seul titre de son auteur à l'estime de ses contemporains. La science doit à M. l'abbé Rendu (*) des travaux remarquables par la sagacité des observations, la justesse du coup-d'œil et l'exactitude de l'appréciation. La littérature le compte parmi ses plus élégants écrivains, et l'éloquence sacrée au nombre de ses plus brillants orateurs. L'auteur de l'*Essai sur la marche des études historiques en Savoie et en Piémont* nous donne l'espérance qu'il se trouvera bientôt un homme d'un esprit assez patient pour fouiller dans nos vieilles archives et assez fort pour faire sortir notre histoire nationale des ténèbres où elle est encore.

Tout le monde a lu avec un intérêt plein de charme un tout petit poëme : *Duingt, Menthon et Montrotier ;* ce poëme écrit avec tant de grâce et de naïveté, nous fait regretter le trop long silence poétique de M. Replat. En-

---

(*) Aujourd'hui évêque d'Annecy. Le siége de saint François de Sales ne pouvait être occupé par une plus noble intelligence et par un plus noble cœur.

fin la plume qui a écrit le livre de *la Perfectibilité humaine* est celle d'un grand et profond écrivain, et le *Solitaire auvergnat* est venu nous prouver que la contrée qui a produit les deux de Maistre n'est pas restée stérile après ce glorieux enfantement.

Chambéry, le 7 novembre 1840.

DÉDICACE.

A S. M.

LE ROI DE SARDAIGNE.

DÉDICACE.

Quand il eut jusqu'au soir lutté contre l'abîme,
Vain jouet que le flot roulait de cime en cime,
D'un de ses bras sanglants il atteignit le bord;
De l'autre, sur la rive il posa son poëme,

Grand livre consacré dans un sombre baptême,

Ouvert par l'Océan et scellé par la mort!

Et sorti ruisselant du sein de l'onde amère (*),

Il embrassa la terre en murmurant : « Ma mère!

« O mère! de quels coups le destin m'a battu!

« J'étais parti si riche, ô ma Lusitanie!

« Et tu me reverras avec mon seul génie.....

« Terre de mes amours, me reconnaîtras-tu?

« De quel jour, ô mon Dieu! cette nuit fut suivie!

« Tout a péri! la mer a roulé sur ma vie.

(*) Ce fut sur les côtes de la Cochinchine, dans le voisinage de la baie de Camboge, que naufragea le Camoens. Il revenait de Macaô à Goa pour regagner l'Europe, avec une fortune que ses biographes évaluent diversement. Son vaisseau toucha sur un écueil et fut mis en pièces. Le poëte se jeta sur une planche brisée et parvint à gagner à la nage les bords du fleuve Mécom, ne sauvant de ce naufrage que son poëme des *Lusiades*. Ce ne fut que dix ans plus tard qu'il revit enfin sa patrie. C'est donc par une licence purement poétique que ces divers évènements ont été rapprochés, ici, dans un court espace de temps.

« Ah! j'allais vivre enfin..... Maintenant j'ai vécu!

« J'ai combattu vingt ans contre ma destinée,

« Et j'avais triomphé par ma lutte obstinée

« Des hommes et du temps..... L'Océan m'a vaincu!

« J'avais frété moi-même un superbe navire;

« L'Océan souriait, j'en ai cru son sourire.

« J'apportais des présents qui n'ont rien de pareil :

« De l'or à mes amis, mon navire à Lisbonne,

« Pour la Lusitanie et sa double couronne

« Un diamant de feu plus beau que le soleil.

« Maintenant je n'ai plus ni vaisseau, ni fortune;

« L'écume qu'ils ont faite expire sur la dune ;

« L'Océan va rentrer dans son calme azuré;

« Tout s'est anéanti sous les coups de l'orage,

« Et je n'ai pu sauver de ce rude naufrage

« Qu'un livre par les flots à moitié déchiré.

« Ah! n'importe..... je veux à ma patrie en fête

« Offrir un vaisseau d'or plus fort que la tempête,

« Qui ne sombrera pas sur les écueils du temps;

« Il portera sa gloire à la race future,

« La mer tressaillera sous sa forte mâture,

« Et ses flancs pèseront sur l'aile des autans.

« Et ma main posera sur l'or du diadême

« Une perle sans prix, un astre : ce poëme,

« Étoile détachée au fond du firmament;

« Sa gloire roulera dans les ondes du Tage,

« Les temps la porteront! Et c'est là l'héritage

« Que Camoëns à son roi laisse par testament. »

La mer est calme, il part. — A ses rudes sandales
Le portique des rois ouvre ses larges dalles;
Deux grandes majestés de gloire et de splendeur
Apparaissent alors sur la foule commune;

L'une dans tout l'éclat de sa haute infortune,
L'autre déjà pensive au poids de sa grandeur.

Et le lointain obscur de cette grande scène
Laissait voir le destin dans une ombre incertaine;
Rêve de l'avenir, pressentiment fatal!
Hélas! pour les asseoir à son trône, la gloire
Prit le prince au combat, trahi par la victoire,
Et le poëte au lit désert d'un hôpital.

Et moi, poëte aussi brisé par le naufrage,
SIRE, je n'ai ravi que ce livre à l'orage,
Ce poëme d'un jour qui mourra sans témoins;
Humble fleur de l'exil, éclose au vent qui passe,
Je la mets à vos pieds, pardonnez mon audace;
SIRE, vous êtes grand! je ne suis pas Camoëns.

5 novembre 1840.

4

RÉCIT.

RÉCIT.

❧

I.

Le mouvement de ma vie a été si rapide, si varié,
qu'il me semble avoir déjà vécu un siècle. J'ai vu la société à un âge où il est dangereux de la voir; j'ai épousé
ses passions les plus orageuses avant même d'en soup-
çonner les premières conséquences. Jeté à vingt ans,
seul, sans appui et sans guide, dans la société la plus
remuante, la plus passionnée et la plus corrompue de
l'Europe, j'ai partagé ses égarements; mes yeux se sont

éblouis à ses fausses lumières, et mon cœur s'est laissé séduire à ses sophismes prodigieux. J'ai vu mon avenir détruit dans sa partie la plus vitale, mon esprit envahi par les incroyables hypothèse du siècle, et mon cœur, en révolte contre lui-même, s'absorber dans une lutte insensée. Je ne me suis arrêté qu'au moment où je ne sais quelle violente douleur vint m'avertir que j'avais pris la route du désespoir, et que j'allais toucher à ses premières limites. Au commencement de ma vie, je me trouvai, comme Dante au milieu de la sienne, dans une forêt obscure où mon droit chemin était perdu.

> Mi ritrovai per una selva oscura
> Che la diritta via era ismarrita.

Cependant, si dur qu'ait été pour moi l'enseignement de la vie, si lourde la nécessité qui m'a fait marcher par les plus âpres sentiers de l'expérience, je n'accuse pas les évènements et les douleurs qui m'ont enfin rendu à moi-même. L'éducation de l'homme ne se fait pas au collége ni par les livres de morale; quand elle ne s'est pas accomplie sous l'influence permanente et décisive du principe religieux, elle se fait par la souffrance. L'homme qui n'a pas souffert ne sait rien de la vie; il en ignore les abîmes et les hauteurs, les ombres et la lumière. Les

affections les plus fortes, celles qui vivent, sont celles
qui naissent dans les larmes et grandissent dans l'affliction. Rien ne laboure profondément le cœur de l'homme
comme le malheur, et rien n'est vivace comme les sentiments qui y croissent après ce rude travail. La douleur
élague du cœur tout ce qui est chétif et petit, toutes les
plantes parasites; elle ne laisse vivre que les hautes passions, les sentiments sublimes. Les grands arbres s'élèvent sur les montagnes dans le domaine des orages, et
le chêne n'habite pas le même terrain que le roseau.

Si les natures viles achèvent de se perdre et de se dé-
grader dans l'infortune, elle est la trempe la plus résis-
tante des natures élevées.

Le jour où la destinée me ravit à toutes mes affections,
avant de mettre le pied hors de ma patrie, j'entrai, vers
le soir, dans une église pour y chercher quelque pieuse
consolation. Je rencontrai là, derrière une colonne, age-
nouillée, dans un profond recueillement, une jeune fille
qui avait été ma compagne d'enfance, que je regardais
comme ma sœur, et que j'avais pris l'habitude d'appeler
de ce doux nom; elle était la confidente intime de mes
plus secrètes et de mes plus chères pensées. Tout ce
que mon âme a jamais eu d'amertumes dévorantes,
de douleurs ignorées, de froissements intimes, d'erreurs
et d'égarements, s'est toujours versé dans la sienne

sans en altérer jamais l'ineffable tendresse et l'angélique pureté.

Quand la prière fut achevée, je m'approchai d'elle, et, comme elle allait sortir, je la retins et je lui dis :

« Refuserez-vous, ma sœur, un dernier adieu à votre frère ?

— Un dernier adieu ! répéta-t-elle étonnée et tremblante.

— Oui, sans doute, répondis-je, cette heure est la dernière que je passerai dans ma patrie, demain je serai déjà bien loin de vous. »

Elle m'abandonna sa main ; je l'entraînai dans une chapelle derrière le chœur, et nous nous assîmes à l'ombre d'un pilier.

« Peut-être suis-je bien coupable, dit-elle alors ; c'est ici un lieu de prière, et rien de terrestre n'en doit troubler la sainteté.

— Que dites-vous, ma sœur ? La prière n'est-elle pas aussi l'épanchement devant Dieu des saintes liaisons du cœur, et ne voulez-vous pas avec moi demander au ciel de bénir mon voyage ?

— Pardonnez-moi, reprit-elle ; j'avais senti ma conscience se troubler, et j'avais pensé que je faisais mal, puisque j'étais émue.

— L'émotion de votre cœur n'accuse que la divine pu-

reté de votre âme, ma sœur ; j'emporterai d'ici deux
espérances au lieu d'une que je venais chercher : Dieu
là-haut, et vous sur la terre !

— Ainsi vous partez ! dit-elle avec un profond soupir ;
et votre famille qui espérait en vous, et votre patrie qui
vous est chère, et vos amis.......

— Et vous avant tout, demain j'aurai tout perdu !
Demain je serai seul, courbé sur mon bâton de voyage,
prêt, à chaque pas, à m'asseoir sur les tombes du chemin,
et à demander à ceux qui ne sont plus s'il ne vaut pas
mieux reposer comme ils reposent que de marcher comme
je marche.

— Devant une telle douleur, dit-elle, bien faible est
la voix de l'amitié ; si cependant elle peut vous encourager un peu, comptez sur la mienne. Vous n'irez nulle
part sans que ma pensée vous accompagne : vos ennuis
seront les miens ; vos espérances, les miennes. Je ne puis
pas vous suivre, mais mes vœux vous suivront.

— Vous êtes bonne, et je le savais, lui dis-je ; les paroles que vous venez de prononcer sont les plus douces
que j'aie jamais entendues ; mais, quand je songe à la
solitude qui m'attend, au désert qui va se faire autour de
moi, j'hésite et je tremble ; je voudrais rester. Pourtant le
sort en est jeté ; il faut que je marche, dussé-je ne jamais
m'arrêter. Je ne sais quelle puissance inconnue m'entraîne

après elle ; je la suis, le cœur plein d'une terreur étrange.
Je sens que c'est aujourd'hui que se décide mon avenir ;
au sombre pressentiment qui m'agite, je comprends qu'il
se prononce sous de funestes auspices. Mais il le faut.....
Tout homme ne doit-il pas son tribut à la destinée, et sa
dîme au malheur ? »

Il se fit un moment de silence entre nous. Ma main
reposait avec les siennes sur ses genoux ; sa tête était
tristement penchée vers mon épaule. Nous restâmes ainsi
quelques minutes ; seulement de temps à autre je sentais
une larme brûlante tomber sur ma main ; son sein trahis-
sait des soupirs qui venaient mourir sur ses lèvres. Les
lueurs de la lampe, qui tremblaient sur sa tête angélique,
donnaient à sa douleur je ne sais quel caractère de sainteté qui me saisit. Je crus en ce moment à la présence de
mon ange gardien ; il avait pris pitié de moi ; il venait
partager mes larmes et me consoler. Ah ! c'était bien un
ange aussi ! Mystérieuse existence, sans haine, sans
jalousie, aimant pour aimer, aimant pour se dévouer,
voulant sa part sinon dans ma joie, au moins dans ma
douleur. Ce n'était pas de l'amour entre nous ; nos cœurs
se liaient de plus haut, et l'affection qui nous unissait n'a
pas de nom qui l'exprime sur la terre.

« Où allez-vous ? me dit-elle enfin,

— A Paris.

— Ah ! vous aviez raison, dit-elle de vous effrayer. Paris ! Mais n'est-ce pas la ville où le bonheur se perd avec l'innocence , ,où l'espérance se flétrit avec l'expérience trop précoce des hommes, où le souvenir périt si vite dans le tumulte et la dissipation ? Là , vous serez emporté par le courant ; vous lutterez quelque temps , peut-être, puis vous céderez et..... vous oublierez un jour ceux qui vous aiment ici, et que vous quittez aujourd'hui avec tant de regret.

— Vous oublier, ma sœur !... Ne me parlez pas ainsi ; laissez-moi assez de force pour vous dire adieu !

— Plaignez-moi, reprit-elle avec une grande tristesse ; je vais être seule aussi, loin de vous et de tout ce qui m'est cher ! La patrie, sans ceux que l'on aime , est-ce donc autre chose que l'exil ? Demain je serai comme vous ; je n'aurai plus personne à qui verser le trop-plein de mon cœur. Depuis si longtemps je vous connais, ô mon frère ! j'ai grandi presque dans le même berceau que vous. Nous sommes des feuilles du même arbre ; le vent emporte l'une et laisse l'autre. Où vous retrouverai-je ? après combien de temps ? Dans quelle circonstance heureuse ou lamentable ? Que deviendront nos souvenirs d'enfance, nos jours de bonheur, notre matin si frais et si pur, à travers les soucis et les évènements qui rempliront votre vie ? Pauvres enfants abandonnés si vite au

cours de la destinée! pauvres oiseaux qui vont prendre
leur volée avant l'heure! Qu'as-tu fait, mon ami? Tu
m'avais promis de veiller sur ta sœur, et voilà que tu
l'abandonnes! Tu ne devais jamais quitter l'ombre de
nos forêts, et tu vas chercher ailleurs le bonheur et l'ombrage. Le monde effrayait ta conscience, et voilà que tu
ne marcheras plus que dans les voies du monde! Qu'as-tu
fait?

— O mon Dieu! lui dis-je, ne brisez pas ainsi toutes
mes forces; je n'en aurai jamais eu plus besoin qu'à cette
heure redoutable où la moitié de mon âme semble vouloir
se séparer de l'autre.

— Ne m'écoute pas, me répondit-elle vivement; c'est
la douleur qui me fait parler. Va devant toi; marche dans
la force de ton âme. Oui, j'en ai le doux pressentiment;
la destinée qui t'est promise te consolera de tes sacrifices.
Tu nous reviendras un jour, avec la réalisation de tes
espérances, dans cet heureux avenir que tu te seras préparé par tes travaux et par tes veilles. Oui, pars! pars!
N'écoute rien, ni ton cœur qui murmure, ni le mien
qui frémit à l'idée de ton absence et qui n'a pu contenir
sa plainte, ni tes souvenirs, ni tes affections, ni rien qui
puisse amollir ton courage et fléchir ta volonté. »

Elle s'arrêta un moment, puis elle continua d'une voix
tendre et mélancolique :

« Est-ce bien à moi de vous parler ainsi? Sais-je ce
qui peut consoler de telles souffrances? Allez avec courage, ami ; ne regardez pas en arrière si vous laissez ici
des regrets trop amers. Adieu, mon frère tant aimé!
partez; tout à l'heure je n'aurai plus la force de vous
encourager. Je sens monter des larmes dans mes yeux; la
tristesse me gagne, adieu! Pour la dernière fois ma main
presse la vôtre, et si jeunes tous les deux!... oh! laissez-moi vous regarder longtemps, emplir mes yeux de
votre image et mon oreille des doux sons de cette voix
adorée que je n'entendrai plus! Après les chemins de fleurs,
voilà donc les sentiers d'épines! Mon âme plie sous le
fardeau, ma pensée est pleine d'affliction, je n'y vois plus,
je pleure.... il en est temps, partez ! »

Son émotion se communiqua à moi par une puissance
irrésistible; je ne pus retenir mes larmes et nous pleu-
râmes ensemble.

« Que ce moment reste dans votre souvenir, me dit-
elle en s'essuyant les yeux. Si vous vous lassez du monde,
pensez à moi; si le monde se lasse de vous, revenez à
moi. Vous seriez abandonné de la terre entière qu'il vous
resterait encore le cœur de votre amie.

— Je le savais, répondis-je. Adieu! malgré les évènements qui nous séparent, ne pleurez pas, ange du ciel!
nous nous reverrons encore !.....

II.

Quelques jours après, j'étais à Paris. Là une autre vie, si l'on peut appeler ainsi l'incroyable agitation d'esprit et de cœur qui saisit tout homme arrivant dans cette nouvelle Babylone, une vie pleine de séductions et d'épouvantes s'ouvrit devant moi. Paris est la ville du doute et des luttes éternelles. Quand un homme est entré dans cet abrégé du monde, il est assailli, emporté, ballotté par mille courants contraires; s'il a des croyances, il aura beau les entourer et les rendre inabordables, elles subiront un siège sans trève, seront démantelées par les paradoxes et les sophismes; il n'en remportera chez lui que les dernières ruines.

Le monde est la spirale du Dante; à mesure que l'on descend dans ses abîmes, il se révèle plus horrible; les vices se multiplient, les malheurs se condensent à chaque rétrécissement du cône infernal. Descendus au fond, vous ne trouvez plus que cette grande réalisation du malheur par le crime qui a son nom chez tous les peuples, et que les chrétiens appellent Satan. Le monde repose sur ses épaules. Il y a dans cette spirale un entraînement fatal qui sollicite à descendre. Une fois bien engagé dans la route, impossible de revenir; on est poussé par ceux qui suivent, et l'on arrive tour à tour dans le dernier siècle à se trouver face à face avec le démon, avec le principe même du mal. Il y avait chez les peuples antiques cette croyance que la vue de Dieu était mortelle; l'antiquité se trompait, c'est la vue du mal qui fait mourir.

Heureux celui qui n'a pas vu les eaux de la terre dans les tempêtes de l'océan, et les hommes dans les abîmes des cités! A lui la foi dans l'avenir, le bonheur du présent, la candeur dans l'amour et les douces affections du foyer domestique. Pour moi, j'ai voyagé par d'autres sentiers; j'ai vu le monde dans ses entrailles; j'ai parcouru l'échelle infinie des misères et des duplicités humaines,

et, si je disais ma plainte, ardente comme elle est dans
mon cœur, ma bouche exhalerait un cri plus désespéré
que celui de Job, plus triste que la lamentation du
prophète sur les ruines de Jérusalem. J'ai senti le sol
s'ébranler sous mes pas ; j'ai vu la peur sur tous les
visages, la désolation dans tous les cœurs, la trahison
jusques dans la famille, et le doute, ce dernier mot de
l'impuissance, proclamé par une société décrépite le
terme le plus élevé de la sagesse humaine.

Je ne sais si, de cette société consumée par ses vices et
tombant en cendres, il sortira un phénix immortel ; si le
vieux monde dépouillera ses ruines pour se transfigurer ;
mais, tel qu'il est, ce monde n'a pas pour un siècle de vie.
La corruption est remontée du fait dans la théorie pour
se combiner avec les puissances intellectuelles, se con-
denser en un système formidable, et crever enfin dans
une explosion qui emportera la société toute entière. J'ai
longtemps fermé les yeux pour ne pas voir, et l'oreille
pour ne pas entendre, tant il y avait de dégradations à
voir et de misères à entendre, et je me suis demandé à la
fin si la race humaine était plus digne de pitié que de
mépris, ou de mépris que de pitié.

Dans ces luttes où les passions et les idées prennent
tant de masques divers, à force de se tromper et de prendre
les masques pour les figures et les figures pour les

masques, l'on en vient au doute et au mépris universels.
Ce fut le malheur qui m'arriva. Cette phase de ma vie fut
une des plus pénibles. A mesure que le doute, comme
une mer montante, envahissait les plus hautes facultés
de mon intelligence, et le mépris, les plus nobles affections
de mon cœur, je me sentais débordé par un flot toujours
croissant qui devait finir par me submerger. Mon esprit
était dans la solitude : autour de lui gisaient des idées
en ruines; les champs de ma pensée étaient désolés; rien
n'y vivait plus que ces végétations rampantes qu'on
rencontre dans les terrains les plus arides. Ce qui me
restait des croyances qui avaient fait ma force était si
dégradé que mon esprit dédaignait de s'en occuper.
Faute d'aliments il se repliait donc sur lui-même,
s'étudiait dans ses intimes secrets, dans ses mouvements
infinis, se nourrissait de son doute enfin. Comme Mi-
thridate je m'étais habitué à digérer des poisons. Qui
n'a pas éprouvé ces angoisses misérables de la pensée ne
sait pas le prix d'une croyance ou d'une consolation vé-
ritable.

Pour ceux qui ont marché dans le siècle, l'impression
dominante est cet état d'angoisse qui est au fond de toutes
les pensées. Nos larmes sont plus amères que celles de nos
aïeux. Aujourd'hui les yeux ont vu plus loin, les cœurs
ont désiré plus haut, et l'impuissance est restée la même.

Aujourd'hui la science, et quelle science, grand Dieu!
a ouvert elle-même le chemin des pleurs ; elle a ren-
versé l'édifice des traditions antiques et a laissé la place
encombrée de ruines. Faut-il s'étonner si le siècle pleure?
Il a été chassé de la maison paternelle par un tremblement
de terre, et n'a plus trouvé d'asile.

Cette doctrine d'éternelle consolation, qui plaçait une
espérance au-dessus de toutes les déceptions, un pardon
plus haut que tous les crimes, un bonheur au-delà de
toutes les douleurs, cette doctrine contemporaine du
monde est venue tomber mourante aux pieds de la
Science. Dieu lui-même n'est plus qu'un doute ! doute
écrasant qui n'a pas encore trouvé de peuple assez fort
pour le porter !

Vivre dans un monde qui s'en va, est une sombre et
fatale destinée. A cette phase sociale, tout rentre dans
l'incertitude, toutes les questions sont remises à flot,
toutes les vérités en problèmes, le cahos se fait de nouveau
sur la terre. Les intérêts communs disparaissent avec les
croyances générales. Chacun vit dans sa personnalité. Le
centre d'attraction sociale n'étant plus nulle part, toutes
les forces agissantes de l'humanité se consument à réagir
sur elles-mêmes dans un désastreux isolement. La puissance sympathique de l'homme est anéantie toute entière.
Chacun est à lui-même son point de départ, son moyen

et sa fin ; l'égoïsme épuise et tarit la veine sociale. La
société est dissoute déjà dans la sphère des intelligences,
qu'elle se meut encore dans le fait matériel, en attendant
son coup de grâce de la framée des barbares. L'on voit
s'abattre alors sur son corps expirant, ces audacieux
charlatans qui bâtissent leur fortune sur la ruine publique,
ces sanglants expérimentateurs qui cherchent à le galva-
niser par des secousses foudroyantes, ces théoriciens de
la hache ou de l'épée pour qui le monde n'est qu'un vaste
amphithéâtre d'anatomie, et toute cette nuée de sophistes
et de parleurs, d'écrivassiers et de bavards qui vit de la
phrase, escompte le paradoxe, qui puise des brouillards
dans les ténèbres, et qui est attirée sans doute par une
odeur anticipée de mort et de dissolution, comme les corbeaux par l'odeur des cadavres.

Le sceptre est à moitié brisé, le temple est désert, le
glaive se consume dans une oisiveté stérile et ne sort du
fourreau qu'à l'appel des factions ; la lyre elle-même ne
rend plus que des accords sauvages ou se brise entre les
mains du désespoir. La lyre n'amollit plus la férocité des
tigres par sa puissance mélodieuse ; les cités ne s'élèvent
plus à sa voix ; les pierres s'émeuvent encore à ses accords ;
mais dans un mouvement de désastre et de ruine. Comme
la trompette de Jéricho, elle ébranle les murailles jusques dans leurs fondements. La lyre antique descendait

aux enfers avec Orphée pour ravir à la mort sa proie déjà
conquise; la lyre moderne monte avec Byron aux sommets
les plus escarpés de la vie pour entraîner Manfred dans
l'abîme. Ne vous plaignez plus, ô poëtes! si la société
pèse de tout son poids sur votre destinée, vous avez secoué ses plus hautes colonnes, et si vous êtes écrasés sous
la chute de la pensée, vous en avez battu vous-mêmes les
fondements et sapé le grand édifice !

Je suis entré quelquefois dans des maisons de jeu ;
c'est là qu'il faut voir le cœur humain dans sa tempête la
plus épouvantable; le hasard y règne en souverain. D'un
seul coup il saccage une vie au profit d'une autre : ici le
succès ne dépend ni de la force, ni du génie, ni d'aucune
prévoyance; la travail n'est rien, le courage est aussi
aveugle que la peur; la puissance de l'homme est anéantie
dans tous ses calculs, dans toute sa volonté. Les insensés
que la fortune saisit sont portés à son faîte ou jetés dans
ses gouffres avec la rapidité de la foudre. Le hasard est
le dieu de ce temple dont les sectateurs sont tour à
tour de niais croyants ou d'effrénés blasphémateurs. Les
figures rayonnent ou se rembrunissent, les poitrines se
dilatent ou se resserrent, les lèvres se crispent ou sou-
rient selon que la fortune s'approche ou s'éloigne. Les
passions qui s'allument à cette lutte inconcevable du
néant contre le néant, de la fatalité contre la fatalité,

sont frappées d'un caractère farouche qui ne se retrouve pas ailleurs. Ici les faveurs sont aussi criantes que les injustices; les unes et les autres blessent au vif le sentiment de la conscience humaine. Le jeu est la dernière passion des peuples dégénérés. Que dire d'un monde dont ceci est l'image, où le hasard juge en dernier ressort, où tout est si fatalement ordonné que ni la vertu, ni le génie, ni le travail, ne peuvent conjurer les chances de malheur; où le succès détermine les croyances, où il n'y a pas de croyances sans le succès, où tout flotte à l'aventure, où les vices et les crimes, les qualités et les vertus ne sont eux-mêmes que les dernières conséquences de chances favorables ou désastreuses?

Et cependant, il s'est rencontré des hommes pour exalter cette société perdue. Des poëtes ont chanté, des orateurs ont élevé la voix; de toute part l'on a salué avec des cris d'enthousiasme le règne de la civilisation dernière; l'on a vu le présent magnifique et l'on a promis des miracles pour l'avenir. Qu'ils chantent donc les poëtes! qu'il se fasse un concert de prophéties sublimes! que l'on donne des fêtes pour la renaissance de l'âge d'or! Jamais époque ne s'annonça plus désastreuse, jamais siècle plus menaçant n'apparut à l'horizon des peuples, jamais le soleil ne se leva plus sombre, jamais inquiétudes aussi dévorantes dans le présent, tempêtes plus infaillibles

dans l'avenir! Ah! que les poëtes chantent, la terre a
perdu son axe, elle tourne au hasard! que les concerts
s'élèvent, le Christ est solitaire au Golgotha; que les fêtes
resplendissent, tous les volcans vont éclater et nous en-
gloutir. Glorifiez l'avènement du siècle futur, la douleur
répondra par les mille voix de l'abîme. Les peuples s'a-
gitent comme dans une fournaise, les damnés du monde
marchent par des sentiers d'épines, les élus reposent sur
des fleurs et sont plus malheureux encore; les uns gémissent dans le vide des privations, les autres dans le vide de
la satiété, et tous dans le vide du cœur. Le crime a frappé
partout; la porte lui a été ouverte d'un côté par l'oisiveté, de l'autre par le désespoir. La fange a été remuée
par les uns pour y chercher des perles et des diamants,
par les autres pour y ramasser quelques morceaux de
pain oubliés des chiens de la rue. Dieu ne console plus;
Dieu laisse aller le monde! son souffle s'est retiré et les
nations travaillent dans le vide et s'en vont en défaillance.
L'humanité gémit comme une femme en couches! Où
êtes-vous, ô poëtes qui avez encore quelques chants d'espérance sur vos lyres? Venez et chantez! N'entendez-
vous pas les cris de cette société qui meurt? Ne laissez
pas mourir votre mère dans les bras du hasard et du
désespoir!

Voilà dans quel monde je vivais; j'en sortis, comme un

voyageur d'une caverne de voleurs, meurtri et dépouillé de tout. Ma foi religieuse, mes croyances sociales et politiques, ma confiance aux hommes, je n'avais plus rien ; à peine croyais-je en moi-même, mon cœur était un gouffre dont j'ignorais les profondeurs. Qu'allais-je devenir.....?

III.

Certes, je ne suis pas étranger à la douleur. Je sais
trop ce que sont les combats de l'âme en guerre avec elle-
même. J'ai tenté une lutte désespérée contre ma destinée ;
j'ai appris, par de dures leçons, que les évènements
sont plus forts que l'homme, qu'ils peuvent lui passer
sur le corps et l'écraser. J'ai souffert dans mes affections
les plus saintes et les plus chères. J'ai assisté à des drames
épouvantables et je connais les déchirements de la passion poussée au désespoir. J'ai vu mourir sous mes yeux,
à des heures terribles, des êtres éperdument aimés : de

grandes et sublimes liaisons se sont rompues dans ma vie
au choc des évènements, et j'en ai versé des larmes inta-
rissables ; car le cœur saigne encore quand les yeux ont
cessé de se mouiller. Les malheurs domestiques ont altéré
les sources de ma vie ; en un mot j'ai assez vécu pour
connaître les plus âcres saveurs de la souffrance humaine. Eh bien! je le dis dans la plus profonde sincérité
de mon âme, il n'y a rien dans tout cela qui se puisse
comparer à cette douleur sans nom qui s'empara de moi,
quand je me vis dans un isolement absolu, au milieu des
épouvantables ruines de ma pensée. Comme un flot éternellement obligé de se briser sur lui-même dans un
orage éternel, mon âme se roulait dans sa propre agitation et s'abîmait sur elle-même, fardeau toujours sou-
levé et retombant toujours. Lorsque nous perdons une
de nos espérances, un être tendrement aimé, une
illusion longtemps caressée, quand la tombe se re-
ferme sur une tête chérie, lorsque la destinée nous
ravit, pour un temps, aux bords adorés de la patrie, et
que nous disons un adieu de quelques années aux foyers
en pleurs de la maison paternelle, si douloureuse que
soit la séparation, notre cœur pourtant ne se brise pas
tout entier. Si une espérance s'éteint dans notre avenir,
si une étoile disparaît de notre ciel, il nous en reste du
moins quelques unes pour nous consoler de la fuite des

7

autres; toutes ne s'anéantissent pas à la fois; nous repeu-
plons souvent notre vie désolée à son matin avec celles
qui se lèvent vers le soir. Quand nous nous séparons de
nos compagnons d'enfance, de nos frères et de nos sœurs,
de ceux qui nous ont produits à la lumière et à l'amour,
des élus de notre cœur, nous leur disons : Au revoir ! et,
si ce n'est pas sur la terre, ce sera du moins dans les
cieux, et nos murmures s'apaisent et vont se perdre
dans une suprême et dernière espérance. Mais il n'en
était pas ainsi pour moi ; toutes mes espérances étaient
parties à la fois, les ténèbres avaient envahi mon ciel
tout entier. Tant que l'on ne coupe de l'arbre que les
branches, il pousse des rejetons et des rameaux ; la sève
les alimente ; il peut refleurir encore. Mais, quand
l'orage l'a arraché avec ses racines, la vie s'en retire ; il
meurt, si quelque main bienfaisante ne le redresse sur sa
tige et ne lui verse l'onde salutaire d'une vie nouvelle.
N'est-il pas aussi au fond du cœur de l'homme une espé-
rance-mère, une affection centrale sans laquelle les autres ne peuvent vivre et se développer? N'est-il pas une
source première dans laquelle toutes les autres prennent
leur mystérieuse origine? Et cette source première, cette
mère féconde des affections et de l'espérance est-elle
autre chose que la foi? Quand cette source s'est tarie,
comment les autres peuvent-elles couler encore? Quand

l'espérance des espérances est morte, comment sauver celles-ci du naufrage? Ainsi j'avais perdu toutes mes joies dans une seule, tous mes bonheurs dans un seul; je ne pouvais demander des consolations à rien, car la consolation n'est qu'une espérance ou un bonheur survivant à une espérance évanouie, à un bonheur qui n'est plus! Je n'avais pas perdu un des objets de ma tendresse, une des illusions de ma vie, un rêve ardemment poursuivi, ni rien qui pût se remplacer, ni rien dont je pusse me consoler avec les années. Non, je m'étais perdu moi-même.....!

Ceux qui, dans une situation pareille, peuvent néanmoins rester indifférents et continuer leur chemin sans trouble dans le cœur, ne sont pas des hommes : qu'ils rejettent ce livre; ils n'y comprendraient rien. Mais pour ces âmes tendres pour qui l'amour est une seconde vie, pour ces cœurs généreux abusés comme moi par l'esprit du siècle, qui se sont laissés emporter à la poursuite de rêves ardents, et n'ont embrassé qu'une chimère; pour ces nobles créatures qui ont subi le froissement des doctrines et des intérêts matérialistes, qui se sont laissé ravir leurs premières croyances par des théories qui leur avaient promis l'avenir et ne leur ont donné que la fumée de leur impuissance; pour toutes ces fières intelligences trompées, égarées ou séduites, tombées dans le vide et l'iso-

lement, ces pages, peut-être, ne seront pas tout-à-fait
stériles, et cette espérance me donne le courage de pour-
suivre et d'accomplir la tâche douloureuse que je me suis
imposée.

Dans cette angoisse d'esprit intolérable, je ne pus
tout à fait retenir le cri de mon cœur. Quelques lignes,
échappées à ma plume et jetées dans une des feuilles vo-
lantes de la publicité, arrivèrent jusques dans nos montagnes; là elles trouvèrent une âme qui les comprit et
dont la tendre sollicitude en fut vivement alarmée.

« Mon ami, m'écrivait-on, il est temps de vous arrêter
et de revenir en arrière; la route que vous avez prise
aboutit à un abîme, et vous ne trouverez en chemin que
fatigues et douleurs. Vous avez besoin de repos; vous
ne l'aurez que dans la solitude, quittez Paris où tout
vous enlève au sentiment de vous-même; votre cœur
n'est pas fait pour les dévorantes émotions de cette ville.
N'allez pas plus loin; je vous en conjure, sur la route
où vous êtes; écoutez une voix qui vous fut chère un
jour. Vous avez mis la terre entre nous; n'y mettez pas
le ciel, et laissez-moi l'espérance de vous rencontrer
enfin là où rien ne pourra plus séparer le frère de la
sœur. »

« O mon bon ange! dis-je alors, vous ne voulez pas
que je reste sans secours dans l'affreuse perplexité qui

me tourmente ; vous me tendez la main au bord du
précipice. Ah ! je savais bien que vous ne pouviez faillir
à ma misère, que je retrouverais votre appui au moment
où je chercherais autour de moi si personne ne m'ouvri-
rait les bras. Vous seule avez bien compris mon âme ;
vous savez ce que je souffre, et je vous ai bien nommée
en vous appelant ma sœur. Non, je ne mettrai pas le
ciel entre nous après y avoir mis la terre ; ce serait me
condamner deux fois à l'enfer. »

J'obéis à l'invitation mystérieuse. J'étais aussi las du
monde que de moi, et ce fut avec une secrète volupté
que je quittai cette ville néfaste où j'avais tant souffert. Je
me retirai dans une solitude profonde, au sein des Alpes
du Dauphiné, dans le voisinage de ma patrie.

Mon premier sentiment, dans ma retraite ignorée, fut
une espèce de joie de me trouver enfin délivré des agitations de la vie sociale. Je trouvai un charme attendris-
sant à contempler autour de moi cette vie de pasteurs
qui avait été celle de mes pères et la mienne. Les
idées de mon enfance, les souvenirs du premier âge se
réveillaient en moi, peu à peu, au spectacle des scènes
qui les avaient fait naître. Mais ce n'était pas sans
d'amers retours sur moi-même que je me laissais aller à
cette première quiétude qui n'était pas la paix (elle était
loin encore), mais qui était du moins un commencement

de repos. Souvent même les agitations de ma pensée se réveillaient avec une violence qui m'épouvantait. Il ne suffit pas du calme extérieur pour assoupir les agitations de l'âme ; le calme invite à la paix, mais il ne la produit pas ; elle descend de plus haut. Dans ces accès de noire mélancolie, je m'exilais solitaire dans les montagnes, au penchant des précipices, dans les cavernes où les torrents prennent leurs sources ; comme Manfred, je secouais mes cheveux aux vents des glaciers, et je cherchais à me fuir moi-même dans la contemplation de l'œuvre éternelle : je cherchais l'impossible ! Lorsque j'étais parvenu dans une de ces profondes solitudes, où je croyais arriver seul, je m'y retrouvais avec toutes mes secrètes angoisses, avec mes passions à demi brisées, mes soifs ardentes de l'inconnu, mes dégoûts infinis et mes prodigieuses lassitudes. Mon cœur se serrait, et, me voyant isolé, sans un âme où répandre le débordement de la mienne, sans qu'une espérance m'eût suivi jusque-là, je levais les yeux vers les hauteurs pour y chercher quelques traces chéries, des aspects connus, quelques images enfin, à l'aide desquelles je pusse remonter mes souvenirs jusqu'aux heureuses journées de ma vie sitôt écoulées et rappelées en vain dans ma détresse.

Les eaux du torrent remontent à leur source avec les nuages du ciel pour s'épancher de nouveau dans les val-

lées ; les arbres fleurissent tous les printemps ; le soleil
ne se lasse point d'éclairer et de féconder la terre ; les
oiseaux qui partent avant l'hiver reviennent avec les beaux
jours ; mais, hélas ! les illusions de la jeunesse ne rever-
dissent pas deux fois au cœur de l'homme, le bonheur
qui a fui ne saurait revenir ; l'amour qui s'est envolé ne
fait pas comme l'hirondelle ; le cœur qu'il abandonne
reste longtemps vide et désert...... Du moins c'était ainsi
que je l'éprouvais alors.

Lassé d'interroger ces montagnes, ces pics jetés en
l'air par l'effort d'une commotion désordonnée, ces forêts
hautes et profondes, ces précipices où grondaient des
eaux furieuses, ces collines qui descendaient comme des
vagues dans la plaine immense, cette terre que mes
pieds n'avaient jamais foulée, ces paysages sans souvenirs pour moi, je m'asseyais quelquefois sur une roche
au bord d'un torrent, et j'écoutais le bruit de l'eau se
brisant contre les pierres ou tombant dans les cavernes.
Ces bruits vagues, uniformes et profonds, absorbaient par
intervalles ma pensée toute entière et la berçaient dans
une rêverie sans objet ; mais quelquefois aussi ils ten-
daient peu à peu les fibres douloureuses de mon cœur et
les montaient jusqu'à d'effrayants paroxysmes. C'étaient
d'abord d'indicibles perplexités ; mon âme, repliée sur
elle-même, me semblait fléchir en moi sous le poids de je

ne sais quelle peine inconnue ; ce n'étaient pas des regrets
pour le passé, des craintes pour l'avenir ; il ne pouvait
plus m'apporter aucune souffrance nouvelle ; c'était un
sentiment indéfini d'angoisse, des anxiétés sans objets,
des terreurs qui soulevaient mon être sans qu'il me fût
possible de les soumettre à la froide analyse de ma raison.
Puis une tristesse croissante envahissait par degrès toutes
les puissances de mon âme ; j'entendais gronder en moi
comme de sourds gémissements ; il me semblait que
ma pensée se brisait aussi, comme l'onde tumultueuse
sur les pierres de la grève. Ah ! pensais-je alors,
n'est-ce pas là la fidèle image de ma vie ? Née dans la
tempête, elle se souvient de son origine, et chacun de ses
flots va gronder furieux contre les indomptables rochers
de la destinée, pour se perdre en écume dans des cavernes
ténébreuses ! Ainsi se précipitait ma pensée dans ses
premières violences ; nul obstacle n'arrêtait son audacieux courant ; ainsi grondaient mes passions se heur-
tant contre toutes les digues et s'échappant toujours
pour se briser encore ; comme ces ondes, elles n'ont
produit qu'un douloureux murmure. Va, coule dans
ton lit de pierres vives, précipite-toi dans ta fougue in-
domptée, enfant des neiges et de l'orage ! j'écoute avec
une secrète sympathie tes gémissements et tes clameurs. Tes eaux sont déchirées par les rochers aigus, tu

tombes de pics voisins du ciel dans des cavernes qui tou-
chent aux enfers; brisé toi-même, tu brises tout ce qui
se trouve sur ton passage. J'ai fait comme toi! Tu pour-
rais, moins emporté dans ta course, semer l'abondance
et la vie sur tes rivages; hélas! et moi non plus...... je
n'ai pas su modérer les emportements de mon cœur et je
n'ai porté que désolation où j'aurais dû laisser des fruits
et des moissons.

Et, couvrant mon visage de mes deux mains, je com-
mençais de pleurer et de mêler mes plaintes aux murmures des eaux. Il me semblait que je pleurais avec
un ami dont la douleur était la même, et que nos sanglots éclataient sous le poids d'une commune destinée;
tant il est vrai que la nature même, ce poëme de l'Éternel, n'a qu'un chant de désolation pour l'âme qui s'est
une fois éloignée de son divin auteur!

Un soir, après avoir erré sur les montagnes une grande
partie de la journée, je me trouvai, comme Dante dans
les Apennins, au seuil d'un monastère. Le vieux Gibelin,
banni de Florence, commençait alors ce triste pèlerinage, dont il a voulu peut-être conserver le souvenir
en chantant la mystérieuse excursion qu'il fit avec Virgile.
Il frappa à la porte de cette main qui venait de laisser
tomber le dernier tronçon d'un glaive, mais qui devait
tenir bientôt une plume plus pesante que l'épée : « Que

8

demandez-vous? — La paix! *la pace!* — Entrez! » lui fut-
il répondu ; et la porte se referma sur les pas du grand
voyageur.

Et moi, errant comme lui dans *ma forêt obscure, où
l'ombre est si amère, qu'un peu plus et ce serait la mort, où
mon droit chemin était perdu,* je frappai comme lui aux
portes de la solitude sainte et je demandai la paix !

La paix? c'était, en effet, le suprême besoin de mon
cœur ! Je l'avais demandée vainement à toute la terre ;
nulle puissance n'avait pu me réconcilier avec moi-même,
et je venais dans ce dernier refuge chercher la médiation
de Dieu, pour pouvoir conclure enfin ce sublime traité
d'alliance.

J'avais dit déjà depuis longtemps :

> Je veux aller un jour sur un faîte sublime,
> Dans quelque vieux couvent penché sur un abîme,
> Où je n'entendrai plus aucun bruit des vivants ;
> Sur quelque Sinaï, sur un Horeb en flamme,
> Où l'Éternel descend, pour se montrer à l'âme,
> Vêtu de la foudre et des vents !

Le moment était venu, pour ainsi dire de lui-même,
d'accomplir ce vœu poétique, inspiré par un dégoût précoce des choses du monde. Ce fut une heure solennelle,

pleine de grandeur et de mélancolie que cette première heure de paix après une vie de troubles, dans une
cellule de la Chartreuse, seul en face de moi-même,
sans autre témoin qu'un Christ de bois pendu à la mu-
raille, sans autre perspective que le ciel, ce rêve glorieux de l'infini qui s'ouvre à la fois sur le temps et sur
l'éternité. De cette solitude élevée, qui semble un portique
du palais éternel, je vis poindre les premiers rayons du
céleste avenir; mon esprit, dégagé des brouillards de
la terre, commençait à voir clairement la vérité se lever
à l'orient de la foi. O mon Dieu! vous êtes la sagesse qui
conduit aux portes de la mort et ramène au chemin de la
vie! Vous êtes le verbe et la lumière; vous changez notre
jour en ténèbres, et vous faites lever votre aurore pour
les hommes de bonne volonté, sur les ombres fugitives de
la science humaine!

Quand la cloche sonna l'office de minuit, je descendis
à la chapelle du monastère. Là je vis les religieux, ces
prisonniers volontaires qui ne sortiront de la geole sublime que pour rentrer dans la patrie éternelle; fiers
exilés en qui le monde n'a pu étouffer le souvenir de la
Jérusalem céleste, qui se sont retirés des fêtes de la terre
pour se réunir sur les hauteurs et chanter les cantiques
de Sion aux vents qui soufflent vers l'éternité. J'étais en
admiration devant cette large et puissante volonté qui

jette la vie entière à la suite d'une idée. Cette foi carrée,
assise sur le roc, est quelque chose d'étrangement beau
dans cette époque frivole où les croyances les plus ro-
bustes ont leur base sur les vents et leur couronnement
dans la tempête. Ces hommes ont accepté héroïquement
la douleur ; ils boivent le calice goutte à goutte, et ne
sont jamais tentés de l'avaler d'un seul trait. La porte de
la mort, qui, pour l'incrédule, est le seuil du néant,
s'ouvre pour eux sur l'aurore de la vie ; la vie, en effet,
n'est vraiment la vie que là où elle n'est pas un commencement de mort. Aussi, voyez quelle patience dans l'attente, mais aussi quelle attente dans la patience ! Ces
hommes n'eussent-ils fait que placer leur espérance au
delà du tombeau, ils seraient encore les plus sages des
hommes ; mais ils l'ont mise en Dieu et ils ont pris in-
scription sur le domaine de l'éternité.

A ce moment solennel connu de tous les voyageurs
qui ont visité la Chartreuse, où les religieux se laissent
tomber la face contre terre en implorant la miséricorde
divine, je ne sais quelle force irrésistible ploya mes genoux et courba mon front sur les dalles ; je fus entraîné
par la sainte contagion de l'exemple, et, joignant mes
mains sur mes genoux, je m'écriai : « Mon Dieu, soute-
nez-moi ; mon Dieu, éclairez-moi ; sauvez-moi de moi-
même ; prenez pitié de mes souffrances ; voyez l'humi-

liation où je suis tombé ! Je ne suis que faiblesse , soyez
ma force ; je ne suis que ténèbres , soyez ma lumière ! »

Et, comme s'il eût déjà commencé d'exaucer ma prière,
je me levai plus calme et plus fort. Ce moment fit crise
dans ma vie ; je dépouillai là le vieil homme , l'homme
du doute et du désespoir , l'homme de la science humaine
et de ses déceptions , l'homme du passé sans avenir ,
l'homme de mort, et je pris avec moi-même l'engagement
de travailler désormais à ma propre résurrection.

Nous le disons ici, parce que cela est profondément
descendu dans notre conviction. Au problème individuel
comme au problème social, il n'est qu'une solution ; solution dernière venue avant les rudiments de la science ,
et qui demeure pour fermer à jamais la discussion quand
celle-ci aura donné son dernier mot ; cette solution irré-
vocable , profonde comme le cœur humain , dépassant
toutes les questions politiques et sociales , et n'en étant
jamais débordée , nous ne craignons pas de le proclamer ,
c'est le catholicisme.

Le catholicisme, c'est tout l'homme ; dans la solitude ,
dans la famille et dans la cité. Il a fait la civilisation de
la base au sommet ; ceux même qui le nient lui doivent
tout ce qu'ils sont. Nulle intelligence élevée qui ne vienne
de lui ou de son influence , nulle grande faculté du cœur
qui ne remonte à cette source divine ; il est tout l'avenir,

car il domine le passé, et le monde ne peut vivre qu'en lui, car c'est lui qui a fait le monde.

S'il était possible, comme on l'a tant de fois répété, que ce grand principe fût à son déclin, qu'il vînt à se coucher comme le soleil, par un soir de tempête, dans l'océan des discussions humaines pour ne plus se lever, nul ne devrait songer au lendemain; il n'y aurait plus de lendemain! la société serait dissoute du même coup et rentrerait avec lui dans le néant; la nuit éternelle se ferait dans le monde des intelligences, et les bêtes fauves des déserts prendraient l'empire de la terre et le sceptre de la création. Cette vérité, qui, semblable à toutes les vérités élevées, n'apparaît qu'aux esprits éminents, ressort pourtant toute entière du fait social lui-même. Pour quiconque porte un cœur d'homme et ne veut pas laisser à ses enfants un avenir de sang et de ruines, pour quiconque a étudié les éléments de la genèse sociale et a pesé dans sa conscience le pouvoir dissolvant des réactifs introduits par la philosophie moderne dans la civilisation chrétienne, le moment est venu de ceindre la cuirasse et l'épée; il ne s'agit pas seulement de savoir si un peuple disparaîtra de la carte ou si l'empire passera de César à Pompée, mais si l'homme restera le maître du globe ou s'il ira dans les forêts prendre la place des animaux sauvages.

IV.

Rendu à la patrie de mon intelligence, je voulus revoir
aussi la patrie de mon cœur ; le toit paternel pleurait
toujours mon absence. Pendant que le souffle du siècle
portait le ravage dans mon âme, le souffle de la mort
dépeuplait le toit de mes pères, le malheur me frappait
dans ma fortune et dans mes affections ; j'apprenais de
l'absence combien il est facile à l'âpre soif du gain de
s'emparer de l'esprit d'un vieillard, et, dans le transport
d'une nuit brûlante, de surprendre son délire ou sa cré-
dulité pour lui faire signer la ruine de sa famille. Mon

père mourut et ma mère sortit de sa maison, comme Agar
des tentes d'Abraham. Mais à quoi bon lever le voile
qui couvre le sanctuaire du foyer ? J'en ai trop dit déjà ;
les douleurs de cette nature veulent rester ignorées.

Je m'étais retiré, pour n'y plus rentrer, du champ de
la politique militante ; les mouvements et les révolutions
purement politiques ne sont que des accidents dans la
question sociale ; l'avenir me semblait menacé de plus
haut. En revenant au principe catholique . j'embrassais
la défense de la civilisation dans sa cause même, tout le
reste était dominé ou commandé par cette inexpugnable
position. Rien ne s'opposait plus de ma part à la démarche
que j'allais tenter pour revoir ma patrie ; d'un autre
côté, les évènements semblaient se préparer pour la ré-
conciliation des partis ; les auspices étaient favorables, je
ne voulus pas tarder davantage.

J'écrivis l'épître à S. M. le Roi de Sardaigne, qu'on lira
vers la fin de ce volume, et je l'adressai, sans y ajouter
un seul mot, pour être mise sous les yeux du roi, à un
de ces hommes rares, aussi élevés par l'intelligence que
par le cœur, qui se plaisent au bien pour le seul plaisir
de le faire, pour qui les hautes positions sociales ne sont
que les postes avancés du dévoûment et de la charité ; un
de ces hommes enfin dont l'estime rend fiers ceux qui la
possèdent, et que je souffre de ne pouvoir nommer ici

pour m'acquitter, au moins par ce léger tribut de reconnaissance, d'une faible part de la dette que j'ai contractée
envers lui.

La réponse ne se fit pas attendre. Quinze jours après je
pouvais embrasser ma mère, et j'étais au sein de ma famille.

En rappelant cet acte de clémence, il n'est peut-être
pas inutile de constater que la faute de mon exil fut à moi
toute entière et à la fatalité des évènements. Les circonstances critiques de ma vie m'avaient fait cette position,
trop légèrement acceptée sans doute, mais enfin acceptée
dans toutes ses conséquences. Si l'exil fut ensuite pro-
noncé, il ne créa pas cette position, il ne fit que la décla-
rer. Je l'avoue hautement, le Roi n'est intervenu dans
des malheurs que pour y mettre un terme ; il l'a fait,
comme savent faire les grands cœurs, sans humilier ceux
que visite leur clémence, sans réserves, sans condition
aucune, sans autre garantie enfin que celle-là même
qui devait naturellement découler de cette royale générosité (*). Pour les hommes de cœur, cette garantie est la
plus forte, je dirai plus, elle est la seule ; et, quels que
soient nos convictions et les évènements, ils nous trou-

(*) Depuis que ces lignes sont écrites ma dette s'est bien accrue envers
ce grand Prince. Je me souviendrai toute ma vie que c'est à lui que je
dois de n'avoir pas vu mourir ma mère dans le dénûment, et d'avoir pu
faire compléter l'éducation de ma sœur cadette devenue orpheline si
malheureusement et si tôt.   (*Note de l'Auteur.*)

veront fidèles à ce noble devoir de loyauté et de reconnaissance. Nous nous trouvons heureux et fiers de devoir la
paix qui nous est rendue à ce même prince à qui le
royaume doit une prospérité qui fait l'envie des autres
peuples, et une tranquillité si profonde en même temps
et si douce, qu'elle étonne ceux qui l'ont vue et confond
toutes les théories; c'est qu'en effet les théories n'ont
rien à faire dans le domaine de la paix et du bonheur, et
que nous sommes moins une nation gouvernée par un
roi qu'une famille surveillée par un père. Il y a loin de
ce tableau à celui donné à l'étranger par les colères des
partis; mais la vérité est comme le soleil, elle dissipe
peu à peu les nuages pour se montrer enfin dans toute
sa splendeur.

Quelque étranges que paraissent ces aveux dans
notre bouche, nous n'hésitons point à les faire, parce
qu'il existe un droit supérieur à toutes les opinions, c'est
celui de la vérité. Or, la vérité, la voilà, non pas exagé-
rée par le sentiment de la reconnaissance, mais contenue
dans sa limite la plus étroite; et maintenant, pour les plus
rebelles, nous n'ajouterons qu'un mot : Venez, voyez
vous-mêmes et jugez.

D'illustres sympathies nous sont venues, et il nous a été
doux de penser qu'une conduite et des sentiments approu-
vés par des hommes de tant d'intelligence et de loyauté

pouvaient être de quelque utilité à la sainte cause de l'avenir.

Il nous serait doux encore de pouvoir donner, en passant, un témoignage de notre profonde gratitude à tels de nos amis que les évènements les plus pénibles ont toujours trouvés fidèles au noble culte de l'amitié ; mais n'y a-t-il pas aussi une pudeur sacrée qui répugne à livrer aux regards de la publicité les intimes liaisons du cœur ?

Cependant il est deux hommes dont les soins attentifs, l'esprit juste et sagace, la vigilance assidue, ont ranimé les sources de la vie dans une santé profondément altérée ; leur studieuse sollicitude, leur tact si finement appréciateur et leur dévoûment éclairé ont ramené l'espoir là où l'on n'en avait plus, et la vie où l'on avait cessé de l'espérer ; nous ne pouvons résister au désir de les nommer ; que leur modestie nous permette de joindre notre voix à celles de tant de souffrances qu'ils ont soulagées ou guéries ; que M. le docteur Buchard nous pardonne de révéler ici ce qu'il met de science et de dévoûment à faire obscurément le bien dans le petit coin de terre qui est notre patrie, et que M. le docteur Pignal veuille bien souffrir que notre voix le nomme aussi dans un sentiment de reconnaissance, quoique bien moins éloquente assurément que les belles cures qu'il a opérées et qu'il opère tous les jours à Chambéry.

V.

Le lendemain de mon retour dans ma patrie , j'entrai
vers le soir, à la même heure où j'y étais entré la veille
de mon départ, dans cette église qui avait reçu mon dernier adieu et le dernier soupir de mon cœur sur la terre
natale. En franchissant le seuil désert, je fus pris d'un
amer sentiment de tristesse. En peu d'années j'avais ,
pour ainsi dire, accompli et consumé des temps immenses.
Que d'évènements et de traverses me séparaient du jour
où, pour la dernière fois, j'étais entré dans cette enceinte!
Les révolutions et les bouleversements intérieurs de mon
âme avaient si gravement changé la nature de mon être !

tant de violentes émotions avaient tendu les fibres de mon
cœur, et le débordement des sophismes contemporains
avait été si avant dans ma pensée! Etait-ce bien moi qui
revenais dans ce saint asile? Etait-ce bien moi qui avais
pressé sur mon cœur et dans ces mêmes lieux la main
secourable d'un ange? Que venais-je y chercher après la
fuite des années et la perte de mes espérances, et que
pouvait-il y avoir de commun entre celui qui entrait
maintenant dans ces murs et celui qui en était sorti autrefois? Ah! la maison de Dieu n'a-t-elle pas deux portes,
celle du repentir à côté de celle de l'innocence?

Je ne suis jamais entré dans une église, à cette heure
surtout où les dernières trainées de lumière de l'occident
viennent mourir dans les profondeurs de la basilique,
sans être saisi d'un recueillement involontaire. Mon cœur
se replie sur lui-même et se reporte avec angoisse aux
époques les plus agitées de ma vie pour en comparer les
sombres émotions à la paix profonde qui m'environne.
Quelle puissance y a-t-il donc dans ces pieux monuments
que les révoltes du cœur s'y apaisent d'elles-mêmes,
qu'ils transmettent à l'âme troublée des fatigues du siècle
le mélancolique recueillement de leur solitude, et qu'elle
y ressente, pour ainsi dire, le premier souffle de l'esprit
de paix?

Le bruit de mes pas sur les dalles retentissait dans les

échos des chapelles, et allait se perdre dans les profondeur de la basilique. Ainsi, me dis-je, l'homme s'agite un jour et fait son bruit, et ce bruit est plus vain encore que celui de mes pas sur ces pierres, et sa gloire va se perdre dans les abîmes du temps comme le son que j'éveille en ce moment s'évanouit sous les arceaux de cette église! L'oubli couvre sa mémoire avant même que la terre ait caché sa dépouille. Les noms les plus illustres demeurent quelques années, puis ils sont envahis par la mer montante des siècles. L'homme périt chaque jour dans ses affections et dans sa mémoire; il ne peut aimer et vivre qu'en Dieu seul, car l'oubli est du temps et le souvenir de l'éternité!

Où êtes-vous, murmurai-je tout bas, ô vous qui m'aviez promis un refuge dans votre cœur contre la perfidie et l'indifférence des hommes; qui deviez recueillir dans votre sein mes infortunes et mes larmes, tendre fauvette dont la voix soupira de si tristes et si mélodieux accords au voyageur désolé qui partait pour son premier voyage? Ange des dernières consolations, l'heure n'est-elle pas assez affreuse? N'ai-je pas bu assez avant dans la coupe de l'adversité? Ne suis-je pas encore assez délaissé sur la terre pour que vous vous souveniez de moi et que votre cœur épanche sur mes blessures le baume de votre céleste compassion? Avez-vous fait comme les hommes, vous qui veniez du ciel? Ma sœur, ma sœur, où êtes-vous...?

Un soupir étouffé qui parvint jusqu'à moi me fit détourner la tête; mon cœur avait tressailli comme aux beaux jours de ma jeunesse. C'était elle!

— Ah! lui dis-je, avec une émotion que je ne pus contenir, vous voilà!..... vous ne m'avez donc pas oublié, vous!

Une larme roula sur sa joue, et un muet serrement de main fut toute sa réponse. Puis, ouvrant le livre qui était devant elle, elle me montra du doigt quelques lignes au bas d'une page, et s'éloigna dans le silence et le recueillement.

Je lus le verset indiqué :

« J'ai espéré en vous, Seigneur, et mon espérance ne sera pas confondue ! »

Hélas! pensai-je, j'espérais dans les hommes, et mon espoir a été confondu! Celle-là seule m'a aimé, car elle aimait en Dieu !

I.

A DIEU.

Sed tu, Domine, usque quò?
PSALM.

A DIEU.

Tu déroules les flots de la mer azurée,
Comme un miroir immense où se peint ta grandeur;
L'enfer tressaille au bruit de ta voix adorée,
        Le ciel est plein de ta splendeur.
            Comme une flotte à mille voiles
            Devant toi marchent les étoiles;

L'éclair est le flambeau qui trace ton chemin ;

Qui sommes-nous, Seigneur, pour raconter ta gloire?

L'Océan éternel où les siècles vont boire

     N'est qu'un atome dans ta main.

La foudre t'obéit comme un coursier docile ;

Tu sais où va l'orage et d'où vient l'aquilon ;

Ton regard a scruté le granit et l'argile

     Jusque dans leur dernier filon.

     L'avenir dans ton Verbe espère ;

     L'éternité te dit : Mon Père !

Le temps ne sait encor de quel nom te nommer;

Un long frémissement circule dans les mondes,

Quand l'un d'eux a trouvé dans ses veines profondes

     Quelques lettres pour le former.

Ton histoire n'est pas au ciel ni dans l'abîme.

L'étoile du matin ne sait où la trouver;

L'univers n'en connaît qu'une page sublime ;

    L'homme n'a fait que la rêver.

    La nuit ne la sait pas ; l'aurore

    Ainsi que l'étoile l'ignore ;

Ton âge n'est écrit nulle part dans les cieux.

Seigneur, qui donc es-tu que nul cri de victoire

Ne puisse proférer ton nom, et que ta gloire

    Soit au-delà de tous les yeux ?

L'homme n'est devant toi qu'un insecte qui passe,

Un atome qui meurt sans avoir existé ;

Toi seul, tu sais la vie et le temps et l'espace,

    O grand roi de l'éternité !

    Dans tous les célestes empires,

    Toi seul tu vis et tu respires ;

Le reste n'a qu'un souffle échappé de ton sein.

Les colonnes des cieux posent sur ta parole ;

Les astres en traçant leur vaste parabole

    Suivent ton glorieux dessin.

Les portes de la mort à tes yeux sont sans voiles ;

Tu connais tous les fils de l'éternel destin ;

Ton oreille comprend la langue des étoiles

    Et les murmures du matin.

    Quand la vague des mers soupire,

    Quand le cerf en pleurant respire,

Quand l'oiseau bat de l'aile et pousse un cri joyeux ;

Tu comprends ce que veut la vague frémissante,

Tu sais pourquoi le cerf gémit, et ce que chante

    Le fils des airs harmonieux.

Et moi, ne sais-tu pas ce que mon cœur désire,

Pourquoi mon sang palpite et bat d'un saint effroi ?

Comme une amante en pleurs pourquoi mon cœur soupire

    Et languit éloigné de toi ?

    Pourquoi ces pâles agonies ?

    Pourquoi ces longues insomnies

Qui dévorent ma chair dans de rudes combats ?

Pourquoi mes grands espoirs profonds comme l'abîme,

Et les désirs sans nom et la douleur intime
        Qui me torturent ici-bas?

Ah! ne comprends-tu pas ce que veut ma pensée,
Quand elle meurt en moi de désir et d'amour,
Et quand elle fend l'air comme l'aigle, élancée
        Dans les hauteurs d'où naît le jour?
        Et cette angoisse qui m'écrase,
        Et cette foudre qui m'embrase,
Quand la terre et le ciel m'entretiennent de toi?
Ah! ne comprends-tu pas que mon âme est blessée,
Que le fil de ton arc, Seigneur, l'a traversée
        D'un rayon brûlant de ta foi?

Que ta puissance éclate au ciel et sur la terre!
Tous les astres en chœur te fêtent dans les airs;
Le rossignol au fond du vallon solitaire,
        Et l'onagre dans les déserts.

Dans la nuit profonde et voilée

L'oiseau te chante à la vallée,

L'homme seul de sa plainte a troublé ce grand chœur;

Murmures impuissants emportés par les brises,

Orages d'ici-bas dont les brûlantes crises,

Hélas! ne troublent que son cœur!

Pour moi, soit que son bras m'élève ou m'humilie,

Je ferai de mon âme une lyre au Seigneur;

Je verserai mon cœur comme une urne remplie

Dans ce grand hymne de bonheur.

Le bonheur n'est-ce pas, mon maître,

De t'aimer et de te connaître;

De suivre ton chemin comme l'aigle et les vents,

Et soumis à ta loi qu'accomplit la nature,

D'élever à tes pieds un glorieux murmure

Dans le royaume des vivants?

Tu m'as jeté sept ans sur la rive étrangère,

Et j'ai mangé sept ans le pain des pèlerins;

La terre du sépulcre eût été plus légère

  Que l'air de l'exil à mes reins.

  Tu me traitas comme un génie :

  Tu m'abreuvas de calomnie,

Et tu me fis marcher par les plus durs chemins.

De la coupe d'exil j'ai bu jusqu'à la lie;

De quel fiel inconnu l'avais-tu donc remplie

  Avant de la mettre en mes mains?...

Tous mes amis sont morts dans ce pèlerinage.

Tombés dans le cercueil, hélas! ou dans l'oubli,

Leurs cœurs ont naufragé sur la mer où je nage

  Sans laisser sur l'onde un seul pli.

  Lorsque le destin moins sévère

  Me ramena chez mon vieux père,

Le seuil de la maison se ferma devant moi;

Les valets insolents à l'audace impunie,

Me jetèrent de loin leur brutale ironie.....

Et j'ai souffert cela pour toi!

Du champ de mes aïeux qu'avait laissé mon père,

Un héritier avide a dévoré ma part;

Et j'ai senti mouiller des larmes de ma mère

Et mon retour et mon départ.

J'ai vu mon bonheur en ruines,

Et j'ai pleuré sur les collines

Où mon aïeul avait planté ses pavillons.

Pour l'oppresseur des miens, dans ma douleur insigne,

Seigneur, j'ai vu mûrir le raisin de ma vigne

Et le froment de mes sillons.

Ah! si ce n'est assez de ces grandes épreuves

Pour m'élever à toi sur ton divin Thabor,

Fais entendre ta voix et dis-moi sur quels fleuves

Je dois aller pleurer encor;

Sur les saules de quelle rive

Je pendrai ma harpe plaintive ;

Sur quels tombeaux chéris j'irai m'agenouiller ;

L'exil n'a pas tari mes brûlantes paupières ;

Seigneur, j'ai des genoux pour en user les pierres

Et des larmes pour les mouiller !

Chambéry, 12 septembre 1839.

II.

LE BORD DE LA COUPE.

❧

LA SIRÈNE.

LA SIRÈNE.

✤

Quand l'aquilon se lève aux sommets des montagnes
Et chasse devant lui les feuillages épars,
Les oiseaux voyageurs que suivent leurs compagnes
S'assemblent dans les bois pour leurs prochains départs.

Où vont-ils et pourquoi de leurs ailes rapides
Fendent-ils à grand bruit les vagues de l'éther?
— Les champs dont ils vivaient sont devenus arides;
Ils vont où le soleil n'éclaire point d'hiver.

Ils vont d'où vient le jour, au berceau de lumière,
Recommencer l'amour fini dans nos vallons;
Ils ont l'air pour empire — et l'homme a sa chaumière
Qu'ébrèche tous les jours la dent des aquilons.

Ils vont où le printemps a choisi sa demeure,
Où la terre devient un céleste séjour;
Et toi, veux-tu rester aux lieux où le ciel pleure,
Où l'amour n'a qu'une heure et la rose qu'un jour?

Heureux le voyageur! le monde est son domaine;
Il poursuit les beaux jours de climats en climats;
Dans ses jardins fleuris la terre le promène,
Et l'étoile du soir se penche sur ses mâts.

La mer le berce au loin sur son riant navire,
La vague le connaît et vient baiser son bord;
La beauté qui le voit passer rêve et soupire,
Et la brise des nuits se plaît à son sabord.

Des vents harmonieux murmurent dans sa voile;
Les cygnes en chantant le suivent sur la mer;
Le sein de la nature à ses yeux se dévoile,
Il le presse à ses dents...? son flot n'est point amer.

Heureux le voyageur! le monde est sa patrie.
L'air que sa bouche aspire est doux et parfumé;
La terre n'a pour lui nulle feuille flétrie;
Il soupire? on soupire. Il aime? il est aimé.

Les fleurs de tous climats sous ses pas vont éclore;
Dans sa moisson d'amour sont toutes les beautés :
La brune du midi, la blonde de l'aurore,
La fille des hivers et celle des étés.

12

Il se repose au pied des pins et des mélèzes;
L'oranger sur son front répand ses blanches fleurs;
Il dort dans les vallons, sur les hautes falaises,
A l'ombre des palmiers et des rosiers en pleurs.

Ses amis sont partout : sur la vague orageuse,
Sur la montagne, au bord du fleuve; en tout chemin,
Ils viennent saluer sa tente voyageuse ;
Leurs cœurs vont à son cœur, et leurs mains dans sa main.

Il mûrit sa raison à toutes les idées ;
Il recueille la fleur des biens de l'univers;
Pour lui le ciel n'a point d'écluses débordées,
L'amour pas de douleurs, le globe pas d'hivers.

Et quand il a tout vu des choses de la terre,
Que son œil s'est rempli de toutes ses beautés,
Radieux il s'endort dans un divin mystère
Et remonte au pays de toutes voluptés.

III.

LE BORD DE LA COUPE.

❧❧❧

LES LARES.

LES LARES.

≈✳≈

Oh! pourtant, les vallons de ma belle patrie,
Ses fleuves et ses lacs ont une voix chérie!
J'aime mon double mont aux rochers de granit;
L'aquilon qui les bat pendant la nuit d'orage

Est un hymne d'amour sur un orgue sauvage,

    Que l'aigle écoute dans son nid.

Des murmures profonds s'élèvent de la terre;

Le bruit de mes torrents est semblable au tonnerre;

Le gouffre exhale un chant vaste et mélodieux;

La montagne gémit dans le concert sublime,

Et l'aigle jette un cri qui remplit tout l'abîme

    Et va troubler le fond des cieux.

Sur cet orchestre immense et ses hautes octaves,

J'aime le vent du nord sifflant ses notes graves.

Ma cascade est semblable au torrent des douleurs;

Un bruit sourd et plaintif résonne dans le gouffre,

Et l'on dirait, au loin, le chant d'un dieu qui souffre,

    Coupé de sanglots et de pleurs.

Les sapins murmurants plaisent à ma tristesse,

Et je comprends leur voix qui pleure et qui caresse.

Le chêne du Druide a su mes premiers vœux ;

De ses ans écoulés Dieu seul connaît le nombre :

Mon père et mes aïeux ont dormi sous son ombre ;

      Il verra mourir mes neveux.

Voici le beau vallon où m'a bercé ma mère !

Sa fontaine à ma soif ne fut jamais amère.

Oh ! que de jours passés dans l'ombre et le bonheur !

Que j'aimais à fouler ses gazons et ses mousses !

Et que d'heures d'amour, hélas ! tristes et douces

      Ont fait ici battre mon cœur !

Au penchant du coteau, près de la vieille église

Et de la grotte obscure où l'eau gronde et se brise,

Mon vieux père planta lui-même son jardin ;

Dans ses sentiers couverts et ses vertes allées

Il assembla les fruits des prochaines vallées,

    Et c'était là son doux Eden.

Mon père?... le voilà qui passe sous la treille ;

Aux bruits des vents d'automne il vient prêter l'oreille,

Il aime à voir partir les oiseaux qui s'en vont ;

Les hivers ont laissé leur neige sur sa tête

Comme aux derniers sommets des monts, et la tempête

    Ses flots orageux sur son front.

Là sont tous mes espoirs, là, toutes mes alarmes,

Là, mes premiers soupirs et mes premières larmes,

Là fleurit le muguet pâle fleur du berger,

Là ma mère a bercé mes sœurs sous la charmille,

Et mon père a béni sa nombreuse famille

    Sous chaque arbre de ce verger.

Oh! dites, savez-vous, aux régions lointaines,

Où mon cœur trouverait de plus pures fontaines,

Sources de voluptés et d'éternel amour?

Savez-vous des jasmins plus blancs et plus suaves,

Une mère plus tendre et des amis plus braves,

  Un ciel plus doux, un plus beau jour?

Plus loin, voilà les murs de la funèbre enceinte

Où dorment nos aïeux dans une terre sainte.

Là sont nos bien-aimés tombés dans le cercueil :

Nos frères et nos sœurs, nos amours, notre joie!

Chers trésors dont la mort, hélas! a fait sa proie,

  Et dont nos cœurs gardent le deuil.

Ils reposent au pied de la croix solitaire.

Ils connaissent le bruit de nos pas sur la terre;

Quand nous passons auprès de leurs tombeaux chéris,

Leur cendre encor s'émeut d'amour et de tendresse,

          13

Et notre cœur trop plein, dans les jours de tristesse,
  Se répand sur ces chers débris.

O larmes de la mort! ô tristesses funèbres!
O sanglots qui brisez le cœur dans les ténèbres!
Roi de tous les malheurs, ô malheur du trépas!
Agonie où se fond notre âme toute entière,
Seuil des grandes douleurs, portes du cimetière,
  Qui de nous ne vous connaît pas...?

Le voyageur, amis! n'a ni père ni mère :
Sa patrie est au loin, sa tombe est l'onde amère,
Le sable du désert, le ventre de l'oiseau;
Nul cœur dans ses replis ne garde son histoire;
Le vent le plus léger emporte sa mémoire
  Comme le duvet d'un roseau.

L'orage connaît seul sa naissance et sa tombe ;

Il reçoit son dernier soupir, quand il succombe ;

Il le roule au hasard dans ses tombeaux mouvants ;

Aux ongles des vautours il livre ses entrailles,

Et lui fait célébrer l'hymne des funérailles

   Par les corbeaux et par les vents.

IV.

LE BORD DE LA COUPE.

LE DÉPART.

LE DÉPART.

>✳<

Aussi, quand il fallut livrer aux destinées
L'espérance promise à mes jeunes années;
Quand il fallut quitter le toit de mes aïeux,
On ne vit point la joie éclater dans mes yeux.
Aux plaisirs attendus des rives étrangères,
Où l'amour réjouit les heures si légères,

Où fleurit au soleil des célestes beautés
La femme de Paris, reine des voluptés;
Aux magiques tableaux de la vie espérée,
Au breuvage écumant de la coupe dorée,
On ne vit point ma lèvre en fleur s'épanouir,
Mon cœur se dilater, mon front se réjouir.
Rien ne put émouvoir mes tristesses funèbres,
Nul rayon d'avenir n'éclaira mes ténèbres;
Mon âme qu'agitait un noir pressentiment
S'ébranla toute entière à ce dernier moment...

Dans un sarcasme amer, pour railler et maudire,
Comme le sombre Harold je ne pris point ma lyre,
Et pèlerin blasé, d'un vers mélodieux
Je ne pus insulter le sol de mes aïeux.
En accords amoureux, de mes rimes légères
Je ne saluai point les tentes étrangères;
Je ne demandai point aux vagues de la mer
Un orage où bercer mon souvenir amer.

Oh! non; sur les granits de mon toit solitaire

L'oubli ne mettra pas son vert manteau de lierre ;

Au seuil de ma maison, comme aux champs du trépas,

Sur l'escalier en pleurs l'herbe ne croîtra pas.

Au souvenir des miens ma trace est plus profonde

Que le sillage ardent de mon vaisseau sur l'onde ;

Et sur ma longue absence et sur mon froid linceul

Mon chien dernier ami ne pleurera pas seul.

Non, si je revenais aux lieux qui m'ont vu naître,

Comme celui d'Harold, oublieux de son maître,

Mon chien ne viendrait pas, dans ma nuit de malheur,

Pour s'élancer sur moi comme sur un voleur :

Mais, de mes pas furtifs intelligent complice,

Il viendrait me lécher comme celui d'Ulysse,

Et mourant à mes pieds de joie et de bonheur,

Dans son dernier soupir me rendrait tout son cœur!

J'avais le front brûlant et les yeux pleins de larmes;

Mon esprit s'égarait en d'étranges alarmes ;

14

De noirs pressentiments éclataient dans mon sein :

Vingt fois j'avais repris et quitté mon dessein.

O sentiers! ô vallons connus de ma jeunesse!

O fleuves! ô rochers qui voyez ma tristesse!

Vous qui m'avez donné les plus beaux de mes jours,

O terre que j'aimais et que j'aime toujours....!

Faut-il donc vous quitter pour jamais? Est-ce l'heure?

Autour de moi déjà l'on s'empresse et l'on pleure;

Les chevaux hennissants attendent le départ.....

Du commun héritage, ah! c'est donc là ma part!

Le seuil de l'étranger à gravir et descendre;

Un seul fruit pour ma soif, amer et plein de cendre;

Les larmes de la nuit et les labeurs du jour,

L'exil de l'hirondelle, hélas! mais sans retour!

Le ciel de tes douleurs vient de combler le vase,

O mon cœur! brise-toi sous la main qui t'écrase!

Le Seigneur t'a posé, dans son courroux divin,

Comme un but éternel aux flèches du destin.

Il fend de son amour les rochers et les pierres.

Il sait combien de pleurs contiennent nos paupières,

Ce que la mer qui joue avec les matelots
Peut rouler, en grondant, d'ouragans dans ses flots.
Il sait toutes les eaux que sillonne la voile,
Les sables du désert, les secrets de l'étoile,
Et tout ce qui gémit dans ce monde de pleurs,
Du murmure des vents jusques à nos douleurs.

Adieu donc, vains espoirs de mes jeunes années!
Adieu, naissantes fleurs, hélas! sitôt fanées!
O mes amours d'hier qui m'oublîrez demain,
Timides amitiés qui fermez votre main,
Mon père aux cheveux blancs, ma mère douce et tendre,
Chères voix que mon cœur ne pourra plus entendre,
Passions d'un moment, éternelles amours,
Vous qui mourrez demain, vous qui vivrez toujours,
Adieu! Souvenez-vous..... oubliez-moi..... n'importe!
Sans nul souci de vous le flot du sort m'emporte.
Sur un sombre océan, dont la vague est en deuil,
Je vais tenter aussi la fortune et l'écueil.

Mais, pendant que mon cœur, dans sa lutte sauvage,

Rougira de son sang tous les flots du rivage;

Que mon âme battue à tous les vents du ciel,

Dans le calice plein ne boira que du fiel,

Vous qui restez ici dans l'ombre et la prière,

Bien-aimés du foyer que je laisse en arrière,

Chastes amours d'enfance où j'avais mis mon cœur,

Simples affections qui fûtes mon bonheur,

Ah! gardez, s'il se peut, dans votre sein fidèle,

Gardez mon souvenir! son nid à l'hirondelle!

Beaux arbres du jardin dont j'ai connu les fruits,

Rivière aux flots errants dont j'aimais tant les bruits,

Fleurs d'amour que ma main arrosait d'une eau pure,

Vergers aux prés fleuris, ruisseaux au doux murmure,

Montagne de granit qu'ébranle l'aquilon,

Échos des grands rochers, doux sentiers du vallon.....

Oh! tout ce que j'aimais, mon Biolley, ma Lavenche (*),

Ma source du moulin où baignait la pervenche,

(*) Noms d'un vallon et d'un torrent.

Beaux lieux qui deviez être un jour mon avenir,
Ah! gardez bien, gardez aussi mon souvenir!
Dans vos plaintes du soir à l'écho solitaire,
Murmurez-le souvent, ô vagues de l'Isère!
Comme un chant langoureux d'amour et de regrets,
Que la nuit, dans ses pleurs, le redise aux forêts;
Qu'il soit dans le sentier où j'ai laissé ma trace;
Que la fleur à la fleur le soupire avec grâce;
Que la lune en montant le soir au bord des cieux,
Avec plus de tristesse éclaire ces doux lieux!
N'étiez-vous pas mes sœurs, mes amis et mes frères,
Fleuve, ruisseaux, vallons, montagnes séculaires?
Et comme on fait tout bas d'un enfant qui s'endort,
Ne me berciez-vous pas de votre doux accord?

Adieu! le vent du nord siffle sur la montagne;
La rivière en courroux gronde dans la campagne;
La cascade, plus haut, fait entendre sa voix,
Et l'on entend pleurer les échos dans les bois.

Adieu! le chant du cygne est plus triste et plus sombre,
Le ciel se couvre au loin, mon chien hurle dans l'ombre,
Et l'on voit tournoyer aux flancs des rochers nus
De sinistres oiseaux au pays inconnus.

Adieu! toute espérance à mon âme est ravie;
Le torrent des douleurs est entré dans ma vie.
Pleurs, amour, joie, exil, que tout remonte à Dieu!
La nature s'émeut et moi..... je pleure! adieu!

V.

A UNE VICTIME DE LA CALOMNIE.

A UNE VICTIME DE LA CALOMNIE.

Aimer, prier, souffrir, c'était ta destinée.
A peine encor venue à ta vingtième année,
  Tu n'as pas eu sur ton chemin
D'épine qui ne t'ait blessée au fond de l'âme,
Et pas une douleur, ô pauvre jeune femme!
  Qui ne t'ait prise par la main.

15

Ton âme était pourtant si candide et si pure,

Que jamais un regard, un souffle, un seul murmure

Ne troubla ce vase d'amour.

Ta lèvre était semblable au bouton de la rose ;

Aucun baiser humain ne la surprit éclose,

Et ton pied marchait au grand jour.

C'est que la calomnie est semblable à la foudre ;

Elle choisit souvent, pour le réduire en poudre,

Le plus limpide diamant :

Vertu, génie, amour, beauté rêve céleste,

Joyaux aimés du ciel, voilà ce qu'il en reste.....

La cendre d'un charbon fumant !

Et toi, tu n'as laissé, dans ces rudes alarmes,

Rien couler de ton cœur, pauvre enfant! que tes larmes,

Perles d'amour et d'avenir ;

Et pendant que sa main brisait ta destinée,

Qu'elle foulait aux pieds ta robe profanée,
            Ta bouche n'a su que bénir.

Ange de tant d'amour, resté pur dans ta chute,
Oh! pourtant, que ton cœur dut saigner de sa lutte!
            Qu'il dut souvent se révolter,
Toi qui n'avais jamais semé que des fleurs pures,
Quand tu vis à tes pieds tant de haine et d'injures,
            Et de mépris à récolter!

Oh! va! courbe ton front sous la main qui le plie;
Dieu sait de quel amour ta grande âme est remplie,
            Quel parfum s'en exhale aux cieux!
Ta prière vers lui va monter pour ce monde
Qui jette sur tes pas son ironie immonde,
            Et raille les pleurs de tes yeux.

Nul regard n'a sondé ton dévoûment sublime.

La bonté de ton cœur est semblable à l'abîme,

Océan limpide et profond;

La calomnie y peut souffler tous ses orages

Sans faire remonter aux vagues des rivages

Une vase impure du fond.

Mais si nul œil humain n'a pu lire en ton âme,

Si notre cœur trop froid ne comprend pas la flamme

Dont ton grand cœur est consumé,

Il est un Dieu qui sait où la perle demeure,

L'asile où dans les pleurs veille l'épouse et l'heure

Où descendra le bien-aimé!

Par le vent du désert belle fleur inclinée!

Allez donc, pauvre Agar! de tous abandonnée,

Allez, sans songer à demain;

Demain c'est l'oasis après la route aride,

Une claire fontaine à votre soif torride,

    Un ombrage à votre chemin.

Et si vos pas lassés dans le désert immense

Vous laissent sur le sable, hélas! sans espérance,

    La tête brûlée au soleil,

Un ange descendra de la voûte éternelle

Pour vous envelopper de l'ombre de son aile

    Et baiser votre front vermeil.

Car le Seigneur a dit : « Heureux celui qui pleure!

Celui dont la douleur visite la demeure

    Et qui porte le poids du jour !

Venez à moi vous tous dont la vie est amère,

Vieillards sans fils, enfants qui n'avez pas de mère,

    Veuves qui pleurez votre amour. »

Croyez, ô mon amie! à ces paroles saintes,
Et quand vous gémissez, laissez aller vos plaintes
        Comme le vent dans l'arbrisseau.
Laissez couler vos pleurs comme l'eau qui soupire,
Ou pareille à l'enfant qui se plaint et respire
        En murmurant dans son berceau.

Abandonnez le monde à ses chemins de fange!
Marchez sans regarder à vos pieds, ô saint ange!
        En Dieu seul est notre avenir.
Le monde est un lépreux tout pétri de misères,
Et quand il a passé par sa bouche d'ulcères,
        Votre nom a dû se ternir.

        .

Heureux ceux que la soif de ta justice altère,
Seigneur! et les martyrs de ta foi sur la terre;
        Les esclaves, les opprimés,
Ceux que le monde ingrat traîne à ses gémonies,

Ceux qui boivent à flots le fiel des calomnies
　　　Et que ta flamme a consumés!

Leurs larmes devant toi sont des perles choisies,
Leurs amères douleurs de pures ambroisies
　　　Pour le grand festin des hauts lieux.
Oh! larmes! versez-vous dans la coupe éternelle!
Coulez, saintes douleurs! pour la table immortelle
　　　Où va s'asseoir le Roi des cieux!

VI.

RÊVE D'UNE HEURE.

RÊVE D'UNE HEURE.

❧❀☙

I.

Je m'étais dit enfin, triste dans ma pensée :
Pourquoi courir encore après un vain bonheur ?
Je l'ai trop poursuivi, ma vie en est lassée;
Nulle âme ne viendra qui comprenne mon cœur.

Nulle qui voie au fond de l'abîme où je nage

Et mes désirs sans nom, et mes flots de douleurs,

Et le terme ignoré de mon pèlerinage

A travers les écueils de cette mer de pleurs.

Nulle qui me montrant une céleste étoile,

Pilote de bonheur, se repose à mon bord,

Et, sa main dans ma main, à l'ombre de ma voile,

Par un ciel calme et pur, me mène jusqu'au port.

Voyageur inconnu, j'ai traversé la vie

Sans avoir rencontré d'autres fleurs en chemin

Que des plantes de mort, de discorde et d'envie,

Fruits maudits que le temps mûrit au cœur humain.

Ah! disais-je, l'amour n'est pas fait pour la terre;

A ce flot radieux il faut un vase pur.

Nos âmes troubleraient ce flot qu'un souffle altère;

L'ombre de nos désirs en ternirait l'azur.

Pourtant, quand mon front pâle, à la lampe nocturne,
S'est penché tristement du soir jusqu'au matin,
Que j'ai versé mon cœur comme l'onde d'une urne
Dans le rude sillon que m'a fait le destin;

Quand mon âme redit ses éternelles plaintes,
Que le vent du désert passe dans mes cheveux ;
Quand le doute me prend dans ses âpres étreintes
Et comme un fort guerrier me tord d'un bras nerveux;

Quand mon cœur revenant sur ses heures perdues,
Remonte son passé de malheurs en malheurs,
Que toutes ses douleurs alors lui sont rendues,
Dans un reflux amer d'angoisses et de pleurs;

Aux moments où mes yeux levés vers la colline
Cherchent d'où me viendra l'ange consolateur,
Où mon front écrasé sous la fureur divine
Pour prier et gémir se penche sur mon cœur;

Oh! si j'avais une âme où répandre mon âme,

Un cœur pur où verser mes larmes et mon sang

Et toutes ces douleurs ou de glace ou de flamme

Qui roulent dans mes os et dévorent mon flanc;

Si j'avais ce regard plein de mélancolie

Qu'épanchent vos beaux yeux comme un rayon du ciel,

Et ce front lumineux plus pur que l'ancolie

Où l'abeille, au matin, va butiner son miel;

Ce front où flotte encore un radieux problème,

Pour s'abaisser sur moi dans un tendre dessein,

Et votre voix, enfin, pour me dire : « Je t'aime!

« Sois heureux sur mon cœur ou pleure dans mon sein... »

II.

Oh! non, ne me dis rien! Garde pour ta pensée
Tous les rêves d'amour dont ton âme est bercée
Et ta robe de lis et tes divins espoirs!
Oh! voile tes beaux yeux, oh! garde tes paroles
Et ton front de lumière et tes blanches épaules
      Où ruissellent tes cheveux noirs!

Ange qui vient du ciel et ne sais de la terre
Que l'arbre de ton nid au vallon solitaire,
Garde le souvenir de ton premier Eden!
Le globe où nous marchons, aux pointes des épines,
Déchirerait tes pieds sur toutes ses collines,
      Enfant du céleste jardin!

Laisse au fond de ton cœur, ainsi que dans un vase,
Tes désirs infinis qui meurent dans l'extase;
Ces rêves de bonheur couleraient en sanglots.
La terre n'est qu'un lac de boue et de mensonge;
Elle souille la main qui dans sa vague plonge,
      Et la lèvre qui boit ses flots.

Oh! non, ne me dis rien, ni ces phrases mystiques
Que murmure la nuit dans ses divins cantiques,
Ni de ces mots brûlants qui ravissent les cœurs!
—La mer à tous ses bords dans son flot les soupire,

Le vent en doux accords les dit à son empire,
    L'oiseau les chante dans ses chœurs;

Le nuage les roule au gré de la tempête,
Le jour au jour, la nuit à la nuit les répète,
Ils éclatent au ciel dans la foudre et l'éclair;
L'océan les mugit dans ses grottes profondes;
Comme un hymne éternel ils flottent dans les mondes
    Ils remplissent la terre et l'air.

Pourtant ils ont glissé sur moi comme la pluie
Sur la pierre de marbre où le soleil l'essuie.
Mon cœur ne s'est ouvert que pour se refermer.
Comme un tombeau scellé, muet et solitaire,
Il a laissé chanter le ciel, l'onde et la terre,
    Sans s'ouvrir et sans s'animer. —

Mais s'ils venaient de toi, vierge au divin sourire !

S'ils tombaient de ta lèvre où tant d'amour respire ;

Comme au feu de l'éclair qui descend le toucher,

Le marbre éclate et fend dans sa veine allumée,

Mon cœur éclaterait à ta voix enflammée

Et se fendrait comme un rocher !

VII.

A CHILDE-HAROLD.

L'idée que tout serait fini pour lui, au-delà du tombeau, l'avait fait sourire dans son désespoir. Quelque étrange que ce sentiment paraisse, il lui inspirait une sorte de gaîté qu'il ne songeait point à repousser. Tels sur les débris d'un navire prêt à faire naufrage, on voit les matelots chercher dans l'ivresse le courage de braver la mort avec joie.

(LORD BYRON. — *Childe-Harold*, ch. III.)

Un pouvoir secret me retient et me condamne à vivre malgré moi, si c'est vivre que de porter un désert aride dans mon cœur, et d'être moi-même le tombeau de mon âme. .

(LORD BYRON. — *Manfred*.)

A CHILDE-HAROLD.

>✳<

I.

Dors-tu tranquille enfin dans ta tombe de pierre?
Depuis que le soleil a fui de ta paupière,
Que la mort a chassé de tes lèvres en deuil
Le sourire inquiet du doute et de l'orgueil,

Dans ce port souhaité pendant les nuits d'orages,

As-tu trouvé la paix après tes grands naufrages ?

Toi qui raillais le ciel sur ta lyre d'airain,

Que fais-tu maintenant, ô sombre pèlerin?

Tu ne vas plus chanter, de ta voix vagabonde,

Les larmes et le sang où s'est baigné le monde ;

Sur un rhythme brûlant, plein d'orage et de pleurs,

Tu ne dis plus aux vents tes superbes douleurs;

L'on n'entend plus sortir des villes en poussière

Tes grands hymnes de deuil qui font pleurer la pierre ;

Hélas! et tu n'es plus, poëte aux lèvres d'or,

Qu'un peu de cendre éteinte où le vent souffle encor.

Va! je t'ai bien compris, pèlerin de misère!

Tu portais dans ton cœur un incurable ulcère ;

Le temps t'avait blessé d'un trait lent et profond;

Tu connaissais le monde et les hommes à fond.

Trop froide pour l'amour, trop vile pour la haine,

Tu savais ce que vaut l'immonde race humaine.

Tes douleurs n'étaient pas de celles que le temps
Emporte chaque jour dans ses débris flottants.
A l'âge où l'homme à peine a commencé de vivre
Jusqu'au dernier feuillet tu connaissais le livre.
La science et le temps, dans leur miroir de feu,
T'avaient tout laissé voir..... hors les secrets de Dieu.
Et toi, tu ne vis rien dans ce trompeur mirage
Que l'éternelle mort après le grand naufrage.
Ton cœur voulut en vain, comme l'ange banni,
Dans son immense vol retrouver l'infini.
Ton esprit ignorait, pâle enfant de la terre,
Cet océan d'amour où l'on se désaltère ;
Ton œil ne sut pas voir au-delà de l'azur,
Et ta lèvre plongea dans un calice impur.

Dans les obscurs détours de son vaste domaine
Tu poursuivais le fil de la science humaine ;
Mais quand le fil cassa dans ta débile main,
Tu roulas jusqu'au fond du désespoir humain !

Ton immense douleur monta jusqu'au délire
Et le chant de l'enfer éclata sur ta lyre.

Alors on entendit passer dans l'univers
Ces hymnes surhumains qui pleuraient tes revers;

Le monde en fut frappé de stupeur, et la terre,
Qui de sang et de pleurs pourtant se désaltère,

N'avait encor jamais, depuis ses six mille ans,
Bu des flots plus amers et des pleurs si brûlants!

Ah! c'est que ta douleur, de notre histoire intime
Peut-être dépassait le plus profond abîme.

Sous les plaisirs bruyants et les rires moqueurs,
Tont vivant désespoir était dans tous les cœurs.

Les destins de la terre allaient de pire en pire;
Le siècle avait chassé Dieu du céleste empire.

Il avait secoué de ses bras insensés
Le temple où s'abritaient tous les grands cœurs blessés.

Hélas! l'on n'avait plus, dans ses mortelles transes,
Où répandre en secret ses pleurs et ses souffrances,

Et l'on ne savait plus sur terre dans quel lieu,
Loin du siècle maudit, s'était retiré Dieu.

Satan avait vaincu dans cette immense lutte,
Et l'homme était tombé d'une seconde chute.

Comme le grand banni du céleste jardin,
Quand tu quittas le seuil de ce dernier Éden,
Que tu vis devant toi la terre froide et nue,
Que ton pied trébucha sur la route inconnue;
Lorsque des régions où le grand astre luit,
Ta paupière tomba dans l'éternelle nuit,
Que dans ton ciel éteint nul rayon d'espérance
Ne jeta sa lueur sur ta pâle souffrance;
Lorsque tu vis fleurir dans tes champs de douleur,
Le doute et le mépris, ces ronces du malheur,
Le globe ne porter que des fruits d'amertume,
Les sources se changer en ruisseaux de bitume,
La femme se maudire et ne plus concevoir
Que les fruits de la mort promis au désespoir;
Que l'homme n'était plus qu'un malheureux transfuge
Sans espérance au ciel, ici-bas sans refuge,

Et que le ver était son unique héritier,

Et qu'en mourant, enfin, il mourait tout entier....

Oh! dis-moi, fils du ciel! créature divine!

Quel sanglot s'étouffa dans ta vaste poitrine?

Comme un homme tombant sous un fer assassin,

Quel sourd gémissement s'échappa de ton sein?

Quelles larmes de sang, ô funèbre génie!

Pleuras-tu dans ce jour de doute et d'agonie?

Ne te sembla-t-il pas qu'il passait dans les airs

Quelque hymne de triomphe exhalé des enfers;

Que la nature, en deuil jusque dans ses entrailles,

Dut tressaillir d'effroi comme à ses funérailles;

Que le monde ébranlé tremblait sur ses essieux,

Comme si l'Éternel n'était plus dans les cieux.....?

II.

Va! commence, il est temps, ton long pèlerinage;
Le siècle a tout flétri des bonheurs de ton âge;
Ton cœur est un abîme où nul n'est descendu;
Joueur! qu'as-tu joué que tu n'ais pas perdu?

Ta foi, ton avenir, ton bonheur..... Ah! que dis-je?

L'avenir d'un grand siècle épris de ton vertige,

Le bonheur des humains, ce beau rêve doré,

Que n'as-tu pas perdu? que n'as-tu pas pleuré?

Va! pars, il en est temps; va chercher sur la terre

Un asile où cacher ta honte solitaire;

Enfant du désespoir, va chercher sur les mers

Si ton cœur s'est empli des flots les plus amers;

S'il existe ici-bas, aux coupes de la vie,

Un limon plus impur, une plus fade lie;

Si ta lèvre a tout bu du calice des pleurs,

Et si tu sais le fiel de toutes les douleurs!

Marche! peut-être est-il, loin des rives natales,

Des lieux où tu pourras dénouer tes sandales;

Peut-être que ta vie épuisée à demi

Fleurira de nouveau sous un soleil ami;

Qu'en remontant tes jours de ruine en ruine,

Tes yeux se lèveront vers la sainte colline,

Et que, secouant l'aile au fond du gouffre impur,

L'aigle remontera vers son aire d'azur.

Mais, non! ton espérance est à jamais perdue ;

Tu ne peux remonter la cime descendue.

Marche! tu n'auras plus de repos ici-bas

Que celui de la mort après tes grands combats.

Comme un oiseau blessé dont l'aile traîne à terre,

Tu t'agites encore à travers la bruyère;

Mais tu ne pourras plus, dans ton vol libre et fier,

T'élancer vers les cieux où tu régnais hier !

Prodigieux revers ! désastreux phénomène!

Dans les fastes du ciel et de la race humaine,

Depuis l'heure où, perdant son trône de beauté,

S'enfuit du ciel, vaincu, l'archange révolté;

Depuis l'heure où, chassé du jardin de délice,

L'homme porta sa lèvre au bord de son calice;

Que dans ce vase plein des futures douleurs

De sa lèvre altérée il but ses premiers pleurs ;

Que sur les flancs obscurs de ses âpres collines

Le globe lui montra ses premières épines ;

Que son regard chargé de l'éternel ennui

Mesura le désert qui s'ouvrait devant lui,

Jamais homme déchu d'un plus riche héritage

Ne commença plus triste un plus sombre voyage;

Jamais esprit plus fier n'inclina vers la mort

Un front plus radieux sous un plus grand remord!

III.

Mais le vaisseau rapide a quitté le mouillage
Et sa quille d'airain s'ouvre un ardent sillage ;
Le roulis trouble seul les cris des matelots,
Et le soleil au loin se penche sur les flots.

D'où vient ce chant plaintif comme la vague errante?

Il trouble l'océan de sa note mourante;

Triste, amer et mordant, plein de fiel et d'orgueil,

C'est l'ouragan du soir brisant sur un écueil.

On dirait à l'entendre, au fond du noir empire,

L'archange de Milton qui pleure et qui soupire...

D'où vient ce chant funèbre? Est-ce toi, pèlerin,

Qui chantes ta douleur sur ce mode d'airain?

Ah! pour briser ainsi dans des cris d'ironie

Cette sublime voix d'amour et d'harmonie,

Que n'a-t-il pas fallu, dans tes jours écoulés,

De déboires amers et d'amours refoulés?..

Te voilà comme l'aigle, éperdu sur la cime,

Quand l'orage a vidé son aire dans l'abîme!

Il se plaint aux rochers, aux nuages errants,

Aux étoiles du ciel, aux fleuves, aux torrents,

Et rien ne lui répond que l'éternel murmure

Que la vie en passant laisse dans la nature.

Eh! que dire aux martyrs de semblables douleurs,

A des cœurs éclatés dans d'aussi grands malheurs?

Où trouver des accents qui charment leur souffrance?
Hélas! Dieu seul le peut; car il est l'espérance.

Non, ce n'est pas l'amour ni sa douce langueur,
Au moment du départ, qui tourmentent ton cœur.
Tu ne crains pas des vents les fureurs déchaînées,
Ni le mugissement des vagues mutinées,
Ni les écueils semés sur le gouffre béant.....
Fils des mers, tu souris aux jeux de l'océan;
Tu ne regrettes point ta mère ou ton amante,
Ni le nectar doré de ta coupe fumante,
Ni tes amis sitôt absents de ton chemin,
Ni ton chien qui te pleure..... et te mordra demain.
Ta suprême douleur et ta mortelle alarme,
C'est de ne rien quitter qui mérite une larme.
Tu n'emportes au loin nul regret dans ton cœur;
Car rien n'a jamais pu te donner un bonheur!

Quand cet hymne d'adieu s'échappa de ta lyre,

L'univers étonné pleura sur ton délire,

Et l'on se demanda pour quel pays lointain,

Sur quelle mer partait ce voyageur hautain,

Ce fier aventurier qui voulait dans le monde

Un lieu vierge du pied de notre race immonde;

Au faîte des rochers que l'aigle habite seul,

Un asile où poser sa tente et son linceul;

Un antre où s'abriter, sous un profond mystère,

Dans l'oubli de son cœur, du monde et de la terre,

Et d'où l'on aurait pu rassasier ses yeux

Du spectacle éternel de la mer et des cieux !

Mais est-il sur les monts aux cimes nuageuses,

Sur le vaste océan aux vagues orageuses,

Dans les vieilles forêts aux dômes recourbés,

Dans les débris fumants des empires tombés,

Dans les volcans éteints où mugissait la lave

Sur le torrent fougueux qui rugit d'être esclave ;

Est-il un lieu désert où l'homme enseveli

Puisse éviter son cœur et rencontrer l'oubli?

Le roulez-vous parmi vos orages sublimes,

Aquilons qui battez les flancs des noirs abîmes?

O mer! le portes-tu sur tes vagues d'azur?

O nuit! le caches-tu dans ton linceul obscur?

Rivières qui grondez au loin dans les campagnes,

Voix du ciel, bruits des mers, ouragans des montagnes,

Ah! si vous le savez, dites-nous..... dites-lui

Où se trouve la fin de son mortel ennui!

IV.

Non! tu n'oublîras pas! Sous le sombre anathème
Tu te retrouveras partout avec toi-même.
Les flots à ton aspect tressailleront d'effroi;
Les débris des cités te parleront de toi.

Sur les sables mouvants de ton errante histoire

Le désert soufflera sans tarir ta mémoire.

Sur ton pâle coursier comme sur ton vaisseau,

Par les vents et les flots battu comme un roseau;

Sur les monts où l'oiseau n'a pas laissé de traces,

Sur l'immobile mer du royaume des glaces,

Dans ces villes où l'herbe a crû sur le chemin,

Où le sol tout entier n'est qu'un débris humain,

Aux drames saisissants du globe et des empires,

Tu mêleras en vain les chants que tu soupires!

Au fleuve de douleur où le monde a pleuré,

Où tout peuple a versé quelque malheur sacré;

Qui roule dans son sein, parmi sa noire écume,

Ce que la terre a bu de sang et d'amertume,

Et qui va grossissant ses inondations

Des débris entassés des révolutions;

Comme on jette au courant d'un ruisseau qui murmure

Une eau longtemps croupie au fond d'une urne impure,

Pour le purifier de son àcre liqueur,

Tu chercheras en vain à répandre ton cœur.

Ainsi qu'un vêtement qu'on rejette ou qu'on change,

Déchiré par la ronce ou souillé par la fange,

L'on ne peut enlever, dans un délire vain,

La conscience au cœur, ce vêtement divin.

Va! tu peux parcourir le sol des grands royaumes,

Les cités de la mort et les villes des hommes,

Comme Caïn, partout, tu subiras ta loi.

La terre et ses enfants crieront contre toi.

Pour jeter l'anathème à ta course fatale,

Les morts s'échapperont de l'urne sépulcrale,

Et partout où le sol sous tes pieds tremblera,

Seule, pour te bénir, la mort se lèvera.

N'es-tu pas ce prophète au funèbre génie,

Qui vint doubler pour nous la mort et l'agonie

Et dire à l'homme errant sur son globe de pleurs

Qu'il attendait en vain la fin de ses douleurs;

Cet oiseau du déluge apportant sur son aile

A défaut du rameau cette heureuse nouvelle :

Que le néant pour nous était l'unique port,

Et qu'au plus haut des cieux l'ÉTERNEL ÉTAIT MORT?

Qu'importe maintenant que le soleil féconde

Ce cadavre sans nom , hélas! qui fut le monde ;

Que ce globe expiré tourne sur ses essieux

Et suive son chemin dans les routes des cieux?

Quel sublime amiral conduira les étoiles,

Ces glorieux vaisseaux aux lumineuses voiles?

Qui dira maintenant au soleil : Lève-toi!

A l'océan : Arrête! à la foudre : Suis-moi!

Au tigre du désert : Reste dans ton repaire!

Au fleuve : Coule! au sol : Produis! à l'homme: Espère!

Espérer quand le ciel n'est plus qu'un grand désert,

Un royaume de deuil que la mort a couvert?..

Que faites-vous au ciel, coupoles de lumière,

Mondes qui gravitez dans la splendeur première,

Vous tous dont il forma les orbites de feu ,

Célestes voyageurs, navires du grand Dieu?

Ah! tombez! il n'est plus le roi de la victoire!

Celui qui vous posa dans un berceau de gloire,

Celui qui vous lança sur l'écueil du néant

Comme une flotte d'or sur le sombre océan,

Chœurs des globes de feu, planètes solitaires,

Cygnes des cieux voilés de radieux mystères,

Esclaves lumineux au séjour des élus,

Que faites-vous au ciel maintenant qu'il n'est plus?

Tombez, écrasez-vous, vieux témoins du mensonge!

Il n'était qu'une erreur et vous n'êtes qu'un songe!

L'homme a cru trop longtemps à vos récits menteurs,

Tombez, tombez du ciel, sublimes imposteurs!

Globe d'or, premier-né de la céleste plaine,

Terre qu'il réchauffait de sa féconde haleine,

Maintenant qu'il n'est plus le roi de l'avenir,

O mère des humains! que vas-tu devenir?

Océan qui chantais sa gloire dans l'orage,

Toi qui ne connaissais aucun frein à ta rage,

Qui pouvais écraser comme un jouet d'enfant

Les navires des rois dans ton flot triomphant,

Roi des rois, tu n'avais qu'un maître dans le monde....

Qui viendra contenir ta colère qui gronde?

Et toi..... toi qu'il créa, dans son rêve d'amour,

Plus grand que l'univers et plus beau que le jour;

Toi dont il fit le cœur, dans sa bonté sublime,
Plus vaste que les cieux, plus profond que l'abîme,
Afin que jamais rien dans l'immense avenir,
Hors lui seul, le grand Dieu, ne put le contenir,
Enfant perdu du sort dont le malheur se joue,
Que feras-tu captif dans ta prison de boue?
Type immortel qu'il fit si pur en le créant,
Pleure! tu n'es plus rien qu'un rêve du néant!

Est-il vrai cependant, Roi des divins royaumes!
Que l'histoire a perdu ta trace chez les hommes;
Que les temps de ton règne, enfin, sont révolus;
Que les cieux révoltés ne te connaissent plus;
Que l'homme a de ses mains brisé ta loi divine,
Et que tu n'es au ciel qu'une grande ruine.....?
Ah! la ruine immense où pleurent tous les vents,
Celle qui fait crier tous les êtres vivants,
Dont le monde a tremblé sur sa base éternelle,
Et que, sans l'emporter, le temps bat de son aile,

20

Elle n'est pas au ciel, ô pâle voyageur!

Et si tu veux la voir, regarde dans ton cœur!

Là tu retrouveras, avec tous ses orages,

Une mer de débris féconde en grands naufrages;

Là roulent en tous sens, battus du flot errant,

Les débris foudroyés de tout ce qui fut grand.

O villes du passé qui n'êtes que poussière;

Reines mortes, sous qui tremblait la terre entière;

Veuves des nations qui dormez au désert;

Débris où les hiboux gémissent leur concert,

Vous avez vu passer, sous vos sombres collines,

Des empires détruits les immenses ruines;

Sur vos murs écroulés, autour d'un froid cercueil,

Vous avez vu pleurer les nations en deuil;

Vous avez vu tomber les pleurs de tout un monde,

Vous savez les douleurs de la terre et de l'onde.....

Eh bien! vous n'avez vu passer devant vos yeux

Que des jours fortunés et des peuples joyeux;

Levez-vous! regardez! Tyr, Memphis, Thèbe et Rome

Car voici maintenant la RUINE DE L'HOMME!

V.

Marche! tu ne peux plus t'arrêter en chemin,
Roule, au gré du hasard, dans le désert humain;
Solution immonde au sublime problème,
Débris vivant de l'homme, ah! pleure sur toi-même!

Marche! en vain tu voudrais rester ou revenir;
Le passé te repousse ainsi que l'avenir.

Oui, quand même tes mâts battus par la tempête
Ploîraient, comme un roseau fragile, sur ta tête;
Quand les flots à tes pieds ouvriraient leurs tombeaux,
Quand tes voiles au vent voleraient en lambeaux,
Quand tu verrais partout l'écueil et le naufrage,
Tu marcheras toujours, vil jouet de l'orage!
L'algue des noirs récifs qu'emportent les courants
Sera moins ballottée au gré des flots errants!

Mais, avant de trouver sur cette route ardue
La paix des premiers jours que ton cœur a perdue,
Et ton âme et ton Dieu, loin du remords vengeur,
Tu marcheras longtemps, ô triste voyageur!

VIII.

A MA SOEUR,

Religieuse, au couvent de Saint-Joseph à Chambéry.

I.

> Quand vous croyez être loin de moi, souvent
> c'est alors que je suis le plus près de vous.
>
> (IMITATION DE J.-C.)

A MA SOEUR.

Depuis notre jeunesse aux fraîches matinées,
Il s'est passé, ma sœur, déjà bien des années;
Vous dans la solitude où Dieu se fait aimer,
Vous êtes demeurée, heureuse cénobite,

A l'ombre du Seigneur où le repos habite,
    Pendant que j'errais sur la mer.....

Océan de malheur! vague impure du monde!
Le fond en est encore ignoré de la sonde ;
Sur ses flots pleins d'écueils nulle étoile ne luit;
Ses lames ont souvent brisé sur mon navire,
Et j'ai vu tous les flots de son immense empire
    Monter et descendre à grand bruit.

Vous que j'avais connue autrefois si rieuse,
Quelle pensée ardente et triste et sérieuse
Vous fit frapper, ma sœur, aux portes d'un couvent ?
Saviez-vous les écueils de cette mer immonde,
Quand vous avez voulu, dans une anse profonde,
    Dérober votre voile au vent?

Si jeune, dites-moi, vos lèvres savaient-elles
La perfide saveur des voluptés mortelles,
Et combien leur breuvage au fond était amer,
Quand vous avez jeté, dans une matinée,
La coupe encor remplie et de fleurs couronnée,
Avec sa liqueur, à la mer?

Saviez-vous les soucis qui rongent la pensée;
Les doutes de la nuit dont l'âme est oppressée;
Les fluctuations de l'esprit irrité;
L'immense désespoir de la science humaine,
Quand surgit à ses yeux quelque grand phénomène
Où s'abîme la vérité?

Votre œil d'aigle avait-il, comme en un ciel limpide,
Plongé dans l'avenir de son regard rapide?
Dans les gouffres du cœur était-il descendu?
Et sur les profondeurs de cette mer vivante

Votre esprit avait-il reculé d'épouvante,

    De crainte et d'horreur éperdu?

Aviez-vous des amis à la voix caressante,

Dont en vain vos ennuis cherchaient la main absente,

Cœurs de marbre et d'airain au jour de la douleur?

Courtisans du bonheur que le plaisir convie,

Leur amitié fleurit au banquet de la vie

    Et se fane au ciel du malheur.

Tous ceux que vous aimiez, pareils à l'hirondelle,

S'étaient-ils envolés de votre sein fidèle?

Aviez-vous de ces pleurs qu'on ne peut exhaler,

Ou, seule dans des nuits de transes et d'alarmes,

Vos yeux épanchaient-ils de ces torrents de larmes

    Dont rien ne peut nous consoler?

Aviez-vous vu, ma sœur, traîner aux gémonies
Votre nom doux et pur, chargé de calomnies ;
L'envie au front haineux vous suivre pas à pas ;
Votre avenir détruit, votre bonheur en cendre
Et votre amour maudit de la terre descendre
　　　　Dans le silence du trépas ?

Aviez-vous tout connu, tout perdu sur la terre ?
Étiez-vous de ces cœurs que rien ne désaltère,
Sans cesse poursuivis d'un sublime tourment,
Enfants d'un Dieu jaloux que trop d'amour embrase,
Qui des plaisirs humains laissent tomber le vase
　　　　Tout plein du nectar écumant ?

Oh ! sans doute une nuit, sur la haute montagne,
Pendant que vos amis erraient par la campagne,
Dans un buisson ardent un ange vous parla.
Vos frères ne savaient où vous étiez allée,

Et nous cherchions vos pas par toute la vallée.....
    Vos pas, ma sœur, n'étaient plus là.

Ils étaient au chemin de justice et de gloire,
Au vallon du Seigneur, au sentier de victoire ;
Ils étaient dans la voie où marchent les élus.
D'un trait de son amour Dieu vous avait touchée ;
Il vous donna la paix que vous aviez cherchée
    Et tous les biens que je n'ai plus.

Ah ! pendant que vos jours dans la pieuse enceinte
S'écoulaient doucement au pied de la croix sainte,
Ah ! saviez-vous, ma sœur, où m'emportait le sort ;
Dans quel pays lointain, sur quelle ardente route
Je traînais mon fardeau de misère et de doute,
    Triste et sombre jusqu'à la mort.....?

Mon cœur s'est consumé dans des transes horribles,

Toutes les vanités m'ont passé par leurs cribles,

J'ai demandé ma route à tous les monuments,

J'ai heurté mes genoux contre toutes les pierres,

Et j'ai mouillé mon pain des pleurs de mes paupières,

     Avec de sourds gémissements.

L'exil a dévoré mes plus belles années,

De mon pâle avenir les fleurs se sont fanées;

Puissance, gloire, amour, j'ai vu le fond de tout.

La terre maintenant n'a plus rien que j'envie :

La douleur et le temps ont dévasté ma vie,

     Et si je suis encor debout.....

Si je n'ai pas plié sous le poids des outrages,

Si mon cœur fut de bronze au souffle des orages,

Si, dans mon désespoir, j'ai contenu mes pleurs,

C'est que votre pensée éveilla dans mon âme

Quelques rayons éteints de sa première flamme

Sous la cendre de mes douleurs.

Oh! me dis-je, là-bas au fond de ma patrie,

Il me reste une sœur du même lait nourrie;

Un ange au doux regard qui se souvient de moi!

Je lui dirai mes jours d'angoisse et d'amertume,

Et la lutte sauvage où mon cœur se consume,

Et le monde et sa dure loi.

Elle me comprendra : sa voix candide et pure

Trouvera pour mon cœur quelque pieux murmure,

Des mots tout pleins de grâce et de tendre amitié;

Ses accents couleront comme un baume en mes veines,

Et comme un pauvre enfant je bercerai mes peines

Au sein de sa douce pitié.

Et je viens, échappé mourant à la tempête,

Ma sœur, frapper au seuil de votre humble retraite;

Ouvrez au voyageur qui vient au nom de Dieu :

Tout malheur est un hôte à la maison chrétienne;

C'est l'heure du Seigneur et c'est aussi la mienne,

    Priez pour moi, ma sœur, adieu!

IX.

A MA SOEUR.

II.

SAPIENTIA.

Dedi cor meum ut scirem prudentiam atque doctrinam, erroresque et stultitiam, et agnovi quod in his quoque esset labor, et afflictio spiritûs.

(LIBER ECCLESIASTES.)

A MA SOEUR.

SAPIENTIA.

❧ ✳ ❦

Douce page d'amour, votre lettre est venue ;
Oui, voilà bien, ma sœur, votre main si connue !
Secouant l'agonie où je meurs lentement,
Mon cœur a tressailli d'un doux frémissement.

O fleur de tendre amour ! c'est toi que je respire ;
Que ton parfum est doux à l'âme qui soupire,
Et que j'aime à sentir, comme un suave encens,
Votre âme s'exhaler, ma sœur, dans vos accents !
Dans un songe divin mon âme se réveille,
Jamais si doux concerts n'emplirent mon oreille ;
Vous portez une trève à toutes mes douleurs,
Et je sens dans mes yeux qu'ils ont encor des pleurs ;
Pleurs d'amour aujourd'hui répandus dans la joie,
Douce averse du cœur que votre cœur m'envoie !
Que de jours j'ai passés depuis le dernier jour
Où je versai, ma sœur, mon dernier pleur d'amour !

Vous voulez que mon âme à vos yeux se dévoile,
Qu'aux secrets de mon cœur j'ôte leur dernier voile,
Et vous dites, ma sœur, que dans ce doux aveu
Mon cœur doit s'apaiser... ah ! c'est aussi mon vœu !
Mais lorsque vous saurez quel puits sans fond la vie
A creusé dans ce cœur que votre voix convie,

Et combien il faudrait de douloureux efforts
Pour en retirer l'onde amère jusqu'aux bords,
Ah! votre bras, tremblant dans son œuvre sublime,
Ne laissera-t-il point l'urne au fond de l'abîme?
La science et le temps de leurs poisons amers
Ont altéré cette eau comme celle des mers.
Pour raviver ce puits troublé par tant de doutes,
Il faudrait l'épuiser jusqu'aux dernières gouttes
Et lui verser du ciel quelques divins rayons;
Le pourrons-nous, ma sœur..? Ah! n'importe, essayons!

Eh bien! que vous dirai-je...? à cette sombre histoire
Je n'ai pu jusqu'ici donner un répertoire,
Et je marche au hasard dans ses évènements,
Rêves sans liaison, drames sans dénoûments.
Comme un lac en repos le soir d'un jour d'automne,
Heureux ceux dont la vie est simple et monotone!
Ils ne connaissent rien de ces brûlants ennuis
Qui vieillissent le cœur de l'homme en peu de nuits;

Ils peuvent d'un seul mot dire toute leur vie :

Leur jour du jour, leur nuit de la nuit est suivie,

Et, semblables entre eux, tous les anneaux du temps

Les traînent à la mort paisibles et contents.

Mais ceux dont le sang bout dans toutes les artères,

Qui cherchent l'infini de leurs vœux solitaires,

Par quel rude sentier de misère et d'ennui

Le Dieu qui les connaît les ramène vers lui !

Ils poursuivent un flot dont la soif les altère,

Mais ce flot, ô ma sœur ! ne coule pas sur terre,

Et, dans leur soif d'amour, ils peuvent tout aimer

Souvent, hors le seul bien qui les dût enflammer.

Puis lassés de chercher vainement dans le monde

Ce vaste amour qu'il faut à leur âme profonde ;

Dieu jaloux qui les suis de ton brûlant regard,

Ils reviennent à toi QU'ILS ONT CONNU TROP TARD !

Tel je fus, tel je suis. Mes rêves grandioses

M'ouvraient un orient rempli d'apothéoses ;

Dans ce mirage ardent aux changeantes couleurs,

Je voyais l'avenir tout émaillé de fleurs.

Les hommes n'étaient pas cette race perdue,

De son trône de gloire à jamais descendue,

Et dont le cœur rampant, vers la terre incliné,

Se souvient de la fange où l'on dit qu'il est né.

Les femmes n'étaient pas ces trompeuses sirènes,

Des écueils de la mer perfides souveraines,

Dont l'orgueil pâle et froid règne sur les débris

Des cœurs que, dans ses jeux, leur amour a flétris.

Dieu même n'avait pas, dans ses saintes phalanges,

De plus purs chérubins et de plus beaux archanges,

Et je m'étais promis dans leurs embrassements

Des larmes de bonheur et des ravissements!

La terre était un lieu de suprêmes délices;

Le bonheur m'abreuvait à ses divins calices,

Et je disais en moi : Qu'est-ce donc que les cieux,

Si déjà cette terre est si belle à mes yeux?

C'était le temps alors où mon âme encor neuve
Ignorait les sentiers périlleux de l'épreuve ;
Je n'avais point gravi, dans mes âpres douleurs,
Les sommets escarpés de la vie et des pleurs.
Jamais le cœur humain, en ces heures propices,
N'avait à mes regards ouvert ses précipices,
Et, de ce vaste abîme où mon œil éperdu,
Sans en toucher le fond, est depuis descendu,
Je n'avais vu sortir, dans ma candeur première,
Qu'un nuage d'encens doré par la lumière.
J'avais soif de la vie et de ses mouvements,
Et voulais tout tenir dans mes embrassements.
Science, amour, bonheur, noms de rêves sublimes,
Mon cœur en avait fait trois ardents synonymes,
Un même sens profond les unissait entre eux ;
Car savoir c'est aimer, aimer c'est être heureux.

Oh! disais-je, tremblant dans ma divine extase,
Je saurai d'où me vient le désir qui m'embrase,

Ce que veulent en moi ces espoirs surhumains,

Rayons d'un autre monde épars sur mes chemins;

Ces aspirations qui dévorent mon âme,

Ces rêves de mes nuits ardents comme la flamme,

Ces longs soupirs sans cause échappés de mes flancs,

Ces vœux vers l'infini si hauts et si brûlants,

Tous ces élancements dont mon âme palpite,

Ces désirs que mon cœur dans mon sang précipite,

Inextinguibles soifs de science et d'amour,

Dont la source n'est pas au terrestre séjour.

Et tantôt dans le monde et tantôt dans un livre

J'étudiais la vie et j'apprenais à vivre.

A la pâle lueur d'un nocturne flambeau,

J'interrogeais le temps, l'espace, le tombeau.

Je descendais, ému, les ténébreux abîmes

Où l'histoire a jeté ses malheurs et ses crimes,

Et je ressuscitais les peuples haletants,

Pour les voir s'agiter dans le drame des temps.

Dans ces déserts brûlants, sans onde et sans haleine,

Voyageur altéré je cherchais ma fontaine ;

Mais les tableaux fuyants du perfide horizon

Par un trompeur mirage égaraient ma raison.

A travers ses grands bruits de pleurs et de victoire,

J'ai suivi jusqu'au bout les routes de l'histoire,

Ma sœur, et j'ai cherché partout, sur tout chemin,

La terre de repos promise au genre humain.

Insensé que j'étais de chercher l'espérance

Dans un gouffre sans fond de pleurs et de souffrance,

De demander la vie aux enfants de la mort,

Au néant la sagesse, à l'orage le port !

Ah! laissons au passé son chant lacrymatoire,

Le long cri de détresse échappé de l'histoire!

Laissons les morts dormir au fond de leur cercueil,

Et la vague des temps gémir sur son écueil!

Cette étude, ma sœur, ébranla ma croyance,

Ce fut le premier fruit amer de la science.

Dans ce miroir, fidèle et vivant souvenir,

A travers le passé je vis tout l'avenir,

La mort des nations, leurs sanglantes misères,

Les pleurs de nos enfants dans les pleurs de nos pères,

Ce que nous souffrirons dans ce qu'ils ont souffert,

Et ce fut le premier cercle de mon enfer.

Semblable au voyageur que conduisait Virgile,

L'œil en pleurs, je quittai ces lieux d'un pied agile;

Mais le chemin obscur où s'engageaient mes pas

Ainsi que le premier s'ouvrait sur le trépas;

Comme ces hauts sentiers égarés sur les cimes

Qui s'arrêtent soudain aux bords des grands abîmes

Et laissent confondu sur le gouffre béant

Le voyageur debout à ce seuil du néant;

Dans les détours sans fin de ses mille domaines,

Sous le soleil ardent de ses grands phénomènes,

La science d'abord me menait palpitant;

Puis le sentier penché se dressait en montant;

Quand je croyais toucher enfin à la victoire,

Elle me déposait au bord du promontoire,

Et là, seul, haletant de crainte et de terreur,

Je restais confondu dans ma sublime horreur.

Qui franchira pour moi cette invincible cime ?

Qui viendra me jeter un pont sur cet abîme,

Et qui m'emportera sur les pics de granit

Où l'oiseau de science a déposé son nid?

Pour un des œufs éclos sous sa puissante haleine,

Seigneur! prends tous mes biens et ma vie encor pleine!

Oh! que de fois, ma sœur, dans mon brûlant essor,

Je me suis élancé pour ravir ces œufs d'or !

Mais l'aire où la science a pondu sa couvée,

L'homme la connaît-il? Hélas! il l'a rêvée.

Cet aigle au vol brûlant dont l'œil perce les cieux

A caché, pour toujours, son nid à tous les yeux.

En vain l'homme a-t-il cru, dans sa course insensée,

Surprendre à son sommet l'éternelle pensée ;

En vain a-t-il gravi, dans la foudre et l'éclair,

Tous les écueils des flots, de la terre et de l'air ;

Le pic inaccessible où la science habite,

La terre ne l'a point connu dans son orbite ;

Ni les vents ni l'oiseau n'en savent le chemin ;

Il trompe l'œil de l'aigle ainsi que l'œil humain.

Sur l'orageuse mer du monde des idées,

Sur les rochers battus des vagues débordées,

Comme un phare éternel Dieu ne l'a point posé.

Pour arriver à lui le siècle a tout osé :

L'œil de l'homme a fouillé le ciel, l'onde et la terre,

Son esprit a scruté l'abîme solitaire ;

Il sait où l'or se forme, où luit le diamant,

Dans quels filons secrets sont le fer et l'aimant,

Où la topaze habite et dans quelle demeure

La stalactite naît du rocher qui la pleure.

La foudre, la tempête et leurs grands arsenaux,

Les fleuves de la terre et leurs secrets canaux,

Il a tout vu ! ses yeux ont dévoré l'espace ;

A peine a-t-il marqué son but qu'il le dépasse ;

Mais qui saura jamais dans quel astre des cieux
La science a choisi son palais glorieux?
L'homme ravit la foudre à la nue étonnée,
La perle et le corail à la mer déchaînée,
Les fleuves aux rochers, à l'aigle son regard,
La lumière au soleil et la force au hasard;
Il ravit au volcan son secret et sa lave,
Il commande à la mer, et l'air est son esclave;
Mais qui pourra jamais, dans son rêve de feu,
Ravir l'intelligence et la science à Dieu...?

Aussi, lorsque j'entrai dans l'aride royaume
A grand peine formé par les rêves de l'homme,
Ah! je ne savais pas dans quel pays de pleurs
Je venais moissonner mes futures douleurs;
A quelle source impure, à quelle onde mordante
Je venais, dans ma soif, tremper ma lèvre ardente.
Je crus que la science, et c'était là mon vœu,
Me donnerait, ma sœur, le dernier mot de Dieu!

Je montais avec l'aigle au sommet des montagnes,

J'explorais en esprit les célestes campagnes,

Et, dans un cercle d'or, sur ses brûlants essieux

Je voyais graviter tout l'empire des cieux ;

Et puis, redescendu de ces brillants royaumes,

Je m'abattais ému sur la terre des hommes ;

Dans ses débris épars je cherchais ses destins,

Je descendais au fond des cratères éteints,

Je suivais les détours de ses vastes artères,

Je renversais les monts pour savoir leurs mystères;

Et de l'hiéroglyphe où s'attachaient mes yeux

Mon âme poursuivait le sens mystérieux.

Hélas! de cette langue aux sublimes emblèmes,

De ces grands monuments, de ces vivants problèmes,

Depuis sa chute, enfant de malédiction,

L'homme a perdu la clef et la solution.

Voyageur harassé des royaumes du doute,

A travers sa nuit sombre il va de route en route,

Et, pleurant sur le bord de ses chemins perdus,

Il lève vers les cieux ses regards éperdus!

Étoiles qui savez l'éternelle harmonie

Que Dieu plaça si haut sur l'échelle infinie ;

Mondes des premiers temps qui survivrez un jour

A ce globe de boue, éphémère séjour,

Vous avez tant connu, dans l'immense domaine,

D'êtres plus grands que nous avant la race humaine,

De mondes qui n'ont plus même un nom ici-bas,

Et de grands désespoirs et de vastes combats,

Ah! répondez enfin! Terre! dis-nous, ô terre!

Toi qui bois notre sang sans qu'il te désaltère,

Je ne vous maudirai plus jamais dans mes nuits :

O terre! ô ciel! ô mer! dites-moi qui je suis...!

Témoins des anciens jours, rois du divin empire!

Vous qui savez sans doute où Dieu même respire,

Aviez-vous jamais vu chez les fils des douleurs

Un être aussi chétif pleurer d'aussi grands pleurs...?

Non, non! si mon cœur saigne et si de ma paupière

Une larme de sang tombe et rougit la pierre;

Si je roule en moi-même, écrasant à porter,

Un tonnerre éternel qui ne peut éclater;

Si mon âme est semblable à la mer irritée,

Mon esprit à la nuit par l'orage agitée,

Si ma douleur a plus de larmes et de deuils

Que l'océan de flots grondant sur ses écueils,

Ce n'est pas pour avoir, prodigue de la vie,

Perdu jusqu'au dernier les biens que l'homme envie...

Je suis sorti des flancs de ce globe inconnu

Nu comme un ver de terre et j'y rentrerai nu !

Qu'importe? joie, amour, doux bonheur, paix chérie,

Tendresses du foyer, amis de la patrie,

Le sort m'a tout ôté... qu'il le donne aux enfants

De ceux qui m'ont tué dans leurs bras étouffants!

Mais ce qui m'a brisé, dans ma haute espérance,

C'est de ne rien savoir, grand Dieu! de ta science;

C'est de marcher sans fin, du matin jusqu'au soir,

Sans rencontrer jamais une pierre où m'asseoir,

24

Et dans l'orage ardent de mes veilles de flamme,

Tourmenté par mon cœur, d'avoir peur de mon âme,

Cet hôte de mystère, inconnu, sombre et fier,

Qui s'enfuira demain, hélas! venu d'hier!

C'est de m'être englouti par ma lutte obstinée

Dans la nuit de mon âme et de ma destinée,

Et de n'avoir rien fait après tout que rêver...

C'est de m'être cherché sans pouvoir me trouver!...

O bonheur! ô vain mot que poursuit notre vie!

Caresse du matin de tant de pleurs suivie,

Rêve que j'ai cherché depuis mon premier jour!

Tu n'es pas la science... hélas! es-tu l'amour?

✻

Dans l'île de l'amour j'arrêterai ma course,
J'étancherai mon cœur à sa limpide source,
A la brise du soir qui viendra m'embaumer,
Aimant pour oublier, j'oublîrai pour aimer.

— Mes frères, comme moi bannis sur cette terre,

Laissons, laissons à Dieu le mot de son mystère;

Aimons-nous et vivons! Pour m'aider en chemin,

Voyageurs plus hardis, donnez-moi votre main.

— Jeune homme, appelle-moi ton ami, le ciel même

Unit ma destinée à la tienne, et je t'aime.

Si ton cœur est brûlant, le mien bat aussi fort;

Que rien ne les sépare, ami, jusqu'à la mort.

— O vierge, lis des champs, rose de la vallée,

Mystérieuse fleur, de ta pudeur voilée,

Étoile de la nuit qui brilles dans l'azur,

Vase d'élection dont le flot est si pur,

Premier rêve du cœur! n'es-tu pas l'espérance?

Ne sais-tu pas des mots qui charment la souffrance,

Et n'as-tu pas appris, dans des mondes meilleurs,

D'ineffables accords pour calmer nos douleurs?

La beauté sur ton front à la grâce est unie,

Ta parole s'échappe en fleuve d'harmonie,

Ton corps semble être éclos sous un divin baiser,

Et quand il l'eut créé Dieu dut se reposer...

O Vierge! quand la nuit, la reine des étoiles,

Sur la terre assoupie aura jeté ses voiles,

Que tout reposera dans sa divine loi,

Hormis le rossignol qui chantera pour toi,

Conduis-moi sur les bords où la terre charmée

S'épanouit en fleurs sous la brise embaumée,

Où l'étoile amoureuse, au lac de volupté,

Réfléchit dans l'azur son rayon argenté,

Où l'onde des ruisseaux s'écoule en doux murmure,

Où l'oiseau d'harmonie enchante la nature;

Au vallon du bonheur, mystérieux séjour,

Où l'on ne sait plus rien qu'innocence et qu'amour!

Là, des accents divins de ta voix adorée,

Le calme descendra dans mon âme éplorée.

Étrangère ici-bas, oh! si tu t'en souviens,

Redis-moi les concerts des mondes d'où tu viens;

Loin des sentiers frayés, dans un lieu solitaire,

Tu peux me faire encore un paradis sur terre,

Car si j'en crois l'éclair qui brille dans tes yeux,

Tu n'es pas de ce monde et tu descends des cieux!

Ainsi disais-je; ainsi dans ma simple ignorance,

Crédule, je livrai ma dernière espérance.

Ouvre ton aile au vent, comme l'oiseau des mers

Une brise d'amour court sur les flots amers,

Va, tu peux hardiment sortir de ta lagune,

Navire radieux qui portes ma fortune!

Les nuages du ciel chassés par les autans,

Sont, dans leur fuite même, hélas! moins inconstants,

La mer a moins d'écueils dans ses anses profondes,

Moins de brisants cachés sous l'azur de ses ondes,

Moins de récifs impurs jetés sur son chemin,

Ma sœur, que l'océan trompeur du cœur humain.

Dans ses perfides eaux, sans pôle et sans étoile,

De quel cœur palpitant j'aventurai ma voile!

Je disais chaque jour en voyant au matin

Poindre sur l'horizon un rivage lointain :

C'est le port de bonheur où tend ma destinée,

Je toucherai ce soir à l'île fortunée...!

Le vent soufflait le soir sur le mirage ardent,
Et je ne voyais plus que l'abîme grondant.

L'amour? J'ai trop subi son magique esclavage,
Mes lèvres ont connu son perfide breuvage,
J'ai bu sa lie amère après ses voluptés,
Et mon cœur saigne encor des coups qu'il m'a portés.
Femmes! vous n'êtes pas ce que voulait mon rêve,
Des anges descendus du ciel, ô filles d'Ève !
Et vous ne venez pas de ce divin séjour
Où le bonheur fleurit dans l'immortel amour !
Sur ce globe de boue à vivre destinées,
Comme nous du limon, femmes, vous êtes nées.
Pour féconder vos cœurs, nul bras audacieux
N'a dérobé le feu qui brûle dans les cieux ;
Les dieux n'ont pas pour vous, sur la roche écartée,
Attaché le vautour aux flancs de Prométhée ;
Vous régnez cependant, ô reines de beauté !
L'homme courbe son front sous le joug enchanté,

Il pleure à vos genoux, il implore, il soupire,

O femmes! vous régnez, mais, hélas! quel empire!

Circés au cœur changeant, que devient l'être humain

Quand il a bu le filtre offert par votre main?

A quels auges impurs, froides enchanteresses,

Vous menez les amants flétris par vos caresses!

Tu tromperas des cœurs plus jeunes que le mien,

Sirène au doux regard, va, je te connais bien!

Je sais quels maux sans fin tu traînes à ta suite :

La honte, le remords, l'abandon et la fuite;

Une âme languissante, usée à son printemps,

Et l'amère vieillesse, hélas! avant le temps.

Et vous, où vous trouver? Dans quelle île sauvage

Avez-vous déployé votre tente au rivage?

A quels bords confié l'honneur de votre loi,

Hommes des anciens jours qui gardez votre foi;

Pères aux cœurs divins dont les fils sont des hommes;

Enfants simples et forts, avenir des royaumes;

Frères dont le secours aux frères est promis ;

Amis qui respectez le toit de vos amis ;

Femmes qui n'avez pas senti, dans vos artères,

Passer le noir torrent des désirs adultères ?

Où donc sont les cités de ce peuple divin ?

J'ai voulu les trouver, ma sœur, ce fut en vain.

Le printemps à son nid ramène l'hirondelle,

A son premier amour le ramier meurt fidèle ;

Mais l'homme, vil jouet de ses propres transports,

Brise le cœur qui l'aime et survit sans remords.

Quand l'aigle fond sur lui de sa roche élevée,

Le serpent ne fuit pas le lieu de sa couvée ;

Le chamois, sur les monts, veille pour le chamois ;

Le cerf ne conduit pas la meute dans les bois ;

Au fond de leur désert les hyènes s'arrangent,

Les loups vivent entre eux... et les hommes se mangent ;

Le fils livre son père, et le père à son tour,

Vend s'il n'étouffe pas les fruits de son amour.

Non, la terre n'a plus de cœurs purs et novices ;

L'air que nous respirons est saturé de vices,

La peste envahit tout. L'enfant, frêle roseau,

A pompé le virus aux langes du berceau,

Et les femmes ont craint, en donnant leurs mamelles,

Le venin d'un serpent chauffé sous leurs aisselles ;

Ces pâles avortons trompent le cours du temps,

Ils consument la vie et sont vieux à vingt ans.

L'homme a troublé la paix de la nuit solitaire,

Et le vice a filtré jusque dans son artère ;

Porté dans le torrent de son cœur allumé,

Il s'est, de jour en jour, en sa chair transformé ;

Son sang s'est altéré dans l'horrible hématose,

Et l'avenir de l'homme a péri dans sa cause.

Voltaire a tout conquis, les mœurs et les esprits ;

Dans ses hideux instincts, le siècle l'a compris.

Attila ne fuit plus à l'aspect d'une étole,

Ouvrez au conquérant les murs du capitole ;

Qu'il marche devant lui dans son destin fatal,

L'univers ne sera plus qu'un vaste hôpital.

Dieu n'arme pas toujours d'une sanglante épée

Les fléaux qu'il envoie à sa grande épopée;

Sur le monde tremblant, vers la nuit du trépas,

Dans la flamme et le sang tous ils ne marchent pas.

Celui-ci n'avait point de glaive ni d'armée;

La haine était son bras, le pamphlet sa framée;

Le Barbare tuait d'un sourire moqueur,

Son sarcasme aiguisé s'enfonçait jusqu'au cœur,

Tout ce qui résistait à son âcre ironie

S'achevait par l'injure et par la calomnie,

Et ses coups les plus forts frappaient dans l'avenir,

Et l'on crut qu'après lui le monde allait finir!

Voyez, voyez passer ces informes ébauches,

Ces résidus vivants des nocturnes débauches,

Ces fronts jaunes, courbés sous un poids écrasant,

Tous ces débris humains qui souillent le présent,

Ces égoïstes froids que rongent les ulcères,

Cadavres que la mort tient déjà dans ses serres,

Ces sombres révoltés contre la loi d'amour,

Qui dégradent la nuit et font horreur au jour,

Nations de crétins, de l'homme vains fantômes,

Ce sont là les sujets de ses pâles royaumes ;

Ce sont les détritus, les ferments empestés

Qu'a laissés le torrent sur ses bords dévastés.

Étonnez-vous, après ces grandes saturnales,

Que la terre n'ait plus que des âmes banales,

Que tout tombe au niveau des brutes du désert,

Que l'homme chante encor quand sa raison se perd,

Que tout soit confondu dans une immense lutte,

Que chaque jour amène un désastre, une chûte,

Et que les grands esprits, qui voient les temps venir,

Dans un haut désespoir pleurent sur l'avenir...!

Ma sœur, quand vous voyez s'arrêter sur les villes
Le point noir menaçant des tempêtes civiles;
Quand vous voyez sortir des égouts des cités
Des squelettes vivants par l'orage apportés,
Des êtres bruts, pareils à la bête de somme,
Équivoques produits qui ne sont pas de l'homme,
Espèces de chacals qui, passé le danger,
Vont chercher, dans le sang, une proie à ronger;
Quand les femmes n'ont plus la pudeur sur les lèvres,
Que dans les corps émus passent d'ardentes fièvres,
Que les antres impurs des prostitutions
Dévorent, nuit et jour, les fils des nations;
Quand vous voyez la peste étendre ses ravages,
Les hommes s'égorger dans des luttes sauvages,
Les mères trafiquer du sang de leurs enfants,
La mort serrer le monde en ses bras étouffants,
Oh! dites-vous, ma sœur, dans votre paix profonde:
Voltaire n'est pas loin.... et priez pour le monde!

Et moi, je ne dis plus : Seigneur, père du jour,

Donnez-moi la science et donnez-moi l'amour !

La science de l'homme, hélas! est trop amère,

Trop vaine l'amitié, l'amour trop éphémère ;

Tous ces fruits de douleur trompent ma lèvre en feu...

Le bonheur n'est pas là, ma sœur, il est en Dieu.

X.

A MA SOEUR.

III.

SUITE.

Antequam comedam suspiro, et tanquam
inundantes aquæ, sic rugitus meus!
JOB.

A MA SOEUR.

>#<

Ma sœur, pour vous conter tous les secrets orages
Qui jetèrent mon cœur dans de sombres naufrages,
Tout ce que j'ai subi d'affreux refoulements,
Mes suprêmes ennuis, mes intimes tourments,

26

Mes douleurs, chaque jour lentement amassées,

Mes larmes, dans la nuit en silence versées,

Le vivant désespoir dont j'ai touché le fond,

Cet abîme du doute où l'esprit se confond,

Où l'espérance en fleur se flétrit sur sa tige,

Où, penché sur la mort, l'homme est pris de vertige,

Mes luttes, mes combats vainement soutenus,

Les chemins où, pleurant, j'ai marché les pieds nus ;

Mes grandes passions incessamment brisées,

Mes malheurs que le monde a tournés en risées ;

Angoisses qui m'ont fait mourir et remourir,

. Tout ce que j'ai souffert et que j'ai vu souffrir...

Il me faudrait créer une langue nouvelle,

Un de ces cris puissants que la douleur révèle,

Emprunter au lion blessé dans les déserts

Le sourd rugissement dont il remplit les airs ;

Demander au vautour comment se plaint sa proie

Quand elle se débat sous l'ongle qui la broie ;

Au rossignol, quels chants de douloureux amour

Il chante en retrouvant son nid vide au retour ;

Au pélican, ses cris de sublime détresse,

Quand il ouvre ses flancs aux fruits de sa tendresse ;

Aux vagues de la mer leurs soupirs murmurants,

Leurs bruits aux vents du ciel, leurs clameurs aux torrents,.

Aux fleuves, aux forêts, à toute créature,

La voix que pour gémir leur donna la nature !

Car j'ai souffert en tout!... le monde inanimé

Aussi brisa mon cœur..... il en était aimé !

Aquilons orageux qui passez sur les cimes,

Cascades qui grondez au fond de vos abîmes,

Forêts dont les accords sont des hymnes de deuil,

Tempêtes qui brisez vos lames sur l'écueil,

O soupirs de la terre! ô tristes mélopées!

O voix des quatre vents de tant de pleurs trempées!

Répondez, répondez, je vous invoque ici :

N'est-ce pas ma douleur que vous pleurez ainsi... ?

XI.

A MA SOEUR.

IV.

SUITE ET FIN.

Levavi oculos meos in montes unde veniet auxilium mihi.

PSALM.

A MA SOEUR.

SUITE ET FIN.

Je veux aller un jour sur un faîte sublime,
Dans quelque vieux couvent penché sur un abîme,
Où je n'entendrai plus aucun bruit des vivants ;
Sur quelque Sinaï, sur un Horeb en flamme,
Où l'Éternel descend pour se montrer à l'âme,
      Vêtu de la foudre et des vents.

Soit aux rochers déserts de la Grande-Chartreuse,
Au Saint-Bernard, parmi les pins de Vallombreuse,
Soit à la Trappe ouverte aux profondes douleurs ;
Partout où l'homme peut secouer ses sandales
Et devant un autel se traîner sur les dalles,

  Et prier et verser des pleurs.

Je veux, le front souillé de cendre et de poussière,
Les pieds meurtris, vêtu d'une robe grossière,
Un chapelet au flanc et le cilice aux reins,
Je veux aller frapper à quelque monastère,
Et chercher une route où traverser la terre

  Avec de pieux pèlerins.

Car je suis las, ma sœur, d'errer parmi le monde,
De voguer, balloté par tous les flots de l'onde ;
Sans arriver jamais, d'aller, d'aller toujours,
Et de pleurer, le soir, dans ma morne souffrance,

Parce que je n'ai plus une seule espérance,

    Hélas! où rattacher mes jours.

Je trouverai du charme à vivre solitaire,

A creuser, chaque jour, ma fosse dans la terre,

A prier l'Éternel, à le bénir en chœur;

A réciter, la nuit, au milieu des ténèbres,

Des lamentations et des hymnes funèbres

    Aussi plaintives que mon cœur.

Là je déposerai mon fardeau de misère,

Mon cœur saignant encor des luttes de la terre,

Mes bonheurs aussi vains, hélas! que mes ennuis,

Mon âme désolée avec tous ses orages :

Débris encor brûlants de mes récents naufrages,

    Par la foudre à moitié détruits.

Là m'attend le Seigneur ; là, vivante ruine,

Je lèverai mes yeux vers la haute colline ;

Je chercherai mon Dieu, pleurant par les vallons ;

Son esprit descendra me couvrir de son aile,

Et je m'endormirai dans sa paix éternelle,

    Loin du souffle des aquilons.

L'ÉTOILE DU MAR.

L'ÉTOILE DU MATIN.

A cet âge où la vie est un magique rêve,
Une mer lumineuse où le soleil se lève,
Où l'âme épanouie au souffle du matin
Ne voit aucun nuage à l'horizon lointain,
Où le dégoût n'a point produit l'indifférence,
Où tout fleurit au cœur, l'amour et l'espérance,

Où l'homme ne sait point se livrer à demi,

Et pleure de tendresse aux bras de son ami,

Dans un des beaux vallons de ma douce patrie

Je connus tout enfant une femme chérie.

Comme la giroflée au pied du mur détruit,

Humble fleur inconnue, elle croissait sans bruit.

Loin du monde, cet ange aux pensers diaphanes

Ne brûla point son aile à des plaisirs profanes :

Nul souffle ne ternit jamais son front charmant,

Et son cœur était pur comme le diamant.

La langueur de ses yeux pleins d'une douce flamme

N'annonçait point en elle un trouble impur de l'âme,

Son cœur n'avait encore aux pas du bien-aimé

Jamais battu plus fort ; je la vis et l'aimai !

Sous les flancs du Grenier dont la terrible crête

Semble un écueil de l'air battu par la tempête,

Au bord d'un lac tranquille où, parmi les roseaux,

Fleurissent les lotus, blanches roses des eaux,

S'élève une maison de modeste apparence.

Chacun y passe, hélas ! avec indifférence,

Et moi je n'ai jamais pu revoir ces beaux lieux

Sans que des pleurs amers aient inondé mes yeux.

Une route y conduit, déjà presque effacée ;

Une vigne noueuse à l'érable enlacée,

Dont les rameaux fuyants charment et trompent l'œil,

Portique de verdure en ombrage le seuil.

A l'angle, dans le mur, l'image de Marie

Incline son enfant vers le passant qui prie.

Tout est tranquille ici, nul bruit que le torrent

Qui, parmi les rochers, se brise en murmurant.

L'âme qui fuit le monde et qui revient blessée

Dans un doux souvenir recueillir sa pensée,

Éprouve, en arrivant dans ce paisible lieu,

Un calme avant-coureur qui lui descend de Dieu.

Un soir, nous étions seuls près du lac solitaire;

La brise nous portait les parfums de la terre;

Les étoiles du ciel ruisselaient par les airs,

Sables d'or et de feu semés dans les déserts.

Le rossignol chantait cette nuit de délice;

Le lotus oubliait de fermer son calice,

Et les fleurs écoutaient, prestiges décevants!

De sublimes accords passer parmi les vents.

— Oh! dit alors l'enfant qui fut ma bien-aimée,

Oh! quel ange a passé dans la nuit embaumée?

Jamais le rossignol, auprès du lac fleuri,

N'avait chanté si tard sur son arbre chéri;

Jamais le blanc lotus, sur la vague dormante,

N'avait autant veillé comme une jeune amante;

Jamais parmi les vents tant de divins concerts!

Jamais tant de parfums n'avaient rempli les airs.

Mon cœur lui-même est plein d'une céleste flamme;

Un ange aussi peut-être a passé dans mon âme.

Je veille, et je soupire, et je chante à mon tour!

Parle-moi, parle-moi, car je languis d'amour.

Sur son visage en feu je penchai mon visage;

La lune, en ce moment, comme un heureux présage,

S'éleva radieuse au sein du firmament,

Et son rayon sur l'eau descendit mollement.

—C'est pour toi, murmurai-je, enfant de ma tendresse,

C'est pour toi que le ciel fit cette nuit d'ivresse,

Pour toi que la forêt exhale sur ces bords,

Orgue mystérieux, ses sublimes accords;

Pour toi que le lotus a veillé sur sa tige,

Que la nuit a vêtu son plus divin prestige;

C'est pour toi que les fleurs naissent dans le vallon,

Que le printemps revient et s'en va l'aquilon;

Pour toi que l'oiseau chante et que le vent soupire,

Pour toi que tout s'émeut dans tout ce qui respire;

O ma jeune espérance et mon premier beau jour!

C'est pour toi que je vis et que je meurs d'amour.

—Sais-tu, mon bien-aimé, sais-tu comment je t'aime?

Après Dieu, ton amour est mon bonheur suprême.

Comme le moine ardent aime et remplit son vœu,

Comme les purs esprits, au sein brûlant de Dieu,

S'aiment en lui, ravis dans l'éternelle extase,

Et vivent à jamais du feu qui les embrase,

Ainsi je t'aime, ainsi je vis toute dans toi ;

Mon cœur te suit, jamais tu n'es absent pour moi.

Écoute : quand, le soir, pleine de confiance,

Je descends avec Dieu sonder ma conscience,

Je pense à toi, je dis : « Heureux le bien-aimé

Dont l'amante a le cœur comme un lis parfumé,

Et qui peut regarder dans ce cœur, à toute heure,

Sans qu'un soupçon l'agite ou qu'un trouble l'effleure !»

Et dans mon oraison je demande à mon Dieu

De préparer pour toi mon cœur comme un saint lieu.

J'en bannis toute idée étrangère et profane,

Toute fleur d'ici-bas qui meurt ou qui se fane ;

Je veux le décorer des immortelles fleurs

Qui dans les cœurs brisés ont germé sous les pleurs ;

Car je t'aime au-dessus du monde et des orages,

Plus loin que les écueils où se font les naufrages ;

Je t'aime comme au ciel où l'on aime toujour;
Parle-moi, parle-moi, car je languis d'amour.

— Et moi, veux-tu savoir aussi combien je t'aime?
Ange, demande à Dieu; je l'ignore moi-même.
Comme le rossignol aime les doux accents,
Comme l'oiseau des bois les beaux jours renaissants
Comme le fer l'aimant, comme les fleurs l'aurore,
Ainsi je t'aime..... oh! non, je t'aime plus encore :
L'amour est une fleur du céleste jardin
Qu'ont perdue à jamais les exilés d'Éden;
Mais si, pour retrouver la fleur mystérieuse,
Il me faut traverser la vague furieuse,
Lutter contre la mort et le glaive de feu,
Par des sentiers de pleurs remonter jusqu'à Dieu,
S'il faut marcher parmi la flamme et les épines,
Courbé sous le fardeau des vengeances divines,
Et marcher et lutter jusqu'à mon dernier jour,
Oh! j'irai..... car je t'aime, ange! de cet amour.

Elle reprit tout bas, d'une voix douce et pure :

— Je suis le flot limpide, et toi son doux murmure ;

Ma pensée est au fond de ton cœur ; tes accents

L'exhalent vers le ciel en hymnes ravissants !

Ton âme est une source où la mienne se verse :

Je suis la fleur, et toi le doux vent qui la berce.

Tu luis sur moi, semblable au rayon du soleil ;

Je suis ton doux repos, et toi mon doux réveil ;

Nos destins sont unis dans une même trame ;

Je suis l'oiseau du ciel, et mon nid est ton âme ;

Dieu nous a faits tous deux pour nous aimer toujour,

Oh ! prions : la prière est encor de l'amour.

Et tous deux humblement, à genoux sur la pierre,

Nous récitions ensemble une ardente prière ;

Des soupirs s'élançaient de nos cœurs vers les cieux,

Et des larmes d'amour s'échappaient de nos yeux.

Avant les jours de deuil que m'a faits la science,

Que de fois, en ces temps de naïve croyance,

Dans le ravissement de l'amour infini,

Me rappelant le ciel et Dieu comme un banni,

Poussé par le désir de feu qui me dévore,

Après avoir prié du soir jusqu'à l'aurore,

Sentant l'esprit d'en haut dans mes membres courir,

Je me suis écrié : Mon Dieu! fais-moi mourir!

Oh! bonheurs d'autrefois, amours, saintes prières,

Tendres pleurs qui sortiez si doux de mes paupières,

Intimes entretiens où le cœur se répand,

Longues heures d'extase où l'âme se suspend,

Age heureux, doux printemps, ravissante jeunesse,

Fleurs des jours qui bordez la coupe enchanteresse,

Beaux rêves dont le cœur garde le souvenir,

Qui vous a moissonnés dans mon riche avenir?

Et toi qui, dans mes jours, te levas la première,

Et leur versas tes flots d'amour et de lumière,

Toi que je cherche encor dans mon beau ciel éteint,

Où donc es-tu passée, Étoile du matin?

Depuis que ta lumière à mon âme est ravie,

La nuit a recouvert les sentiers de ma vie;

J'ai marché constamment dans des brouillards épais,
Et mes pas ont perdu le chemin de la paix !

Lorsque je vins souffrant au bord de la frontière
Redemander aux champs ma jeunesse première,
Voyageur fatigué du bruit et des humains,
Je cherchais un asile éloigné des chemins.
Je déployai ma tente au pied d'un Alpe verte
D'où mon regard plongeait sur ma patrie ouverte ;
J'y demeurai longtemps ; hélas ! j'y respirais
L'air qui, peut-être, avait passé sur nos forêts.
J'apercevais au loin, dans ma douleur amère,
Le clocher du village où j'ai laissé ma mère ;
Mais j'aimais voir surtout, au prochain horizon,
Se dessiner dans l'air une blanche maison.

Un soir, à l'heure pâle où le soleil décline,
Un bâton à la main, je gravis la colline ;
Hélas ! pauvre proscrit, triste et silencieux,
Je foulais inconnu le sol de mes aïeux.
Le torrent s'épanchait avec un grand murmure,
Le bruit de la forêt semblait un bruit d'armure ;
Je m'assis près du lac où, parmi les roseaux,
Fleurissent les lotus, blanches roses des eaux.
Rien encore n'était changé sur cette rive,
Le rossignol chantait sa romance plaintive,
Et les vents emportaient, par un ciel doux et clair,
Les aromes des fleurs dans les sillons de l'air.

Oh ! me dis-je en pleurant, la nuit est aussi belle
Que la nuit où l'oiseau chanta si tard pour elle !
Des larmes, comme alors, jaillissent de mes yeux.....
Il est vrai, rien encor n'est changé dans ces lieux ;
La brise comme alors répand sa chaude haleine ;
Mon âme comme alors déborde toute pleine ;

Le blanc lotus lui-même à la nuit reste ouvert,

Et mon cœur oppressé s'enfuit vers le désert.

Seulement, si l'oiseau charme encor la veillée,

Si le zéphir frémit à travers la feuillée,

Si les fleurs dans les airs exhalent leur encens,

Ah! ce n'est plus pour nous, jeunes cœurs innocents!

Mon âme est pleine encor... mais ce n'est plus de joie;

Ma dernière au courant de l'abîme se noie,

Et si mon cœur s'enfuit loin des vains bruits du jour,

Ce n'est plus pour chercher un nid à son amour.

Ce qui déborde en moi, c'est, comme dans l'abîme,

Un torrent de douleurs tombant de cime en cime,

Flots grondants et brisés de mes plus chers bonheurs;

C'est le dégoût amer sans parole et sans pleurs;

C'est l'absinthe des jours, la sombre expérience,

Le venin corrosif de l'humaine science;

C'est tout ce qui frémit dans un cœur déjà vieux

Qui n'a bu que du fiel à la coupe des dieux.

O vallon des amours! ô lac pur et tranquille!

Vents des nuits, fleurs des eaux, simple et modeste asile,

Vous qui m'avez connu dans ces heureux séjours,

Me reconnaissez-vous, amis de mes beaux jours...?

XIII.

ASPIRATION.

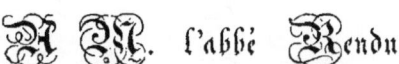

A M. l'abbé Bendu.

Irrequietum est cor meum.....
SAINT AUGUSTIN.

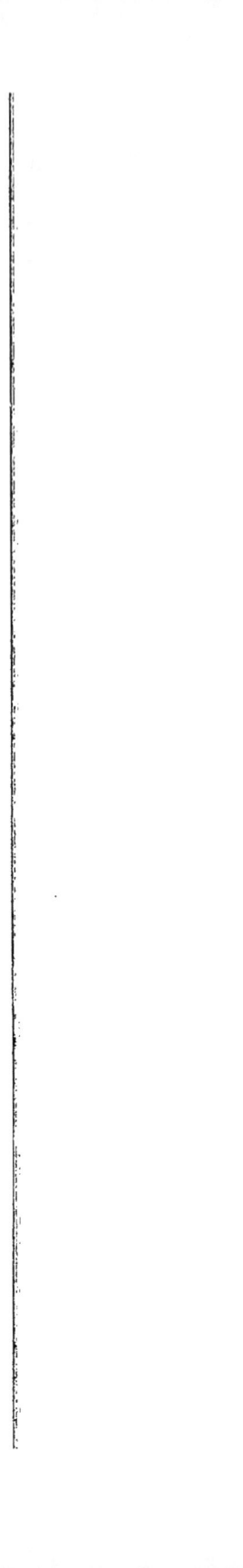

ASPIRATION.

Dans des vallons pleins de mystère
Où fleurissent les orangers,
Où le ciel sourit à la terre,
Où le temps a les pieds légers;
Pendant que le flot bat la rive,
Que le fleuve en grondant dérive

Et fait onduler le roseau ;
Aux doux murmures du zéphire,
Au bruit de l'onde qui soupire ,
Aux chants amoureux de l'oiseau ;

J'ai respiré souvent, dans des nuits étoilées,
De suaves beautés de leurs grâces voilées;
J'ai savouré les fruits de la nuit et du jour ;
J'ai senti bien des fois, de plaisirs éperdue,
Mon âme entre la terre et le ciel suspendue
Dans une vision d'amour.

Mais, semblables à de vains songes,
Enfants des nuits et du sommeil,
Hélas! ces ravissants mensonges
Se dissipaient à mon réveil.
Déchu de sa haute espérance,
Mon cœur, dans sa propre souffrance,

Restait longtemps comme abattu ;
D'un saint désespoir oppressée,
Mon âme gémissait blessée,
Et s'écriait : Où donc es-tu ?

Te chercherai-je aux lieux où l'aigle solitaire
Contemple le soleil des cimes de la terre,
Aux lieux d'où la lumière épanche ses torrents,
Dans les mondes de feu que l'œil de l'homme ignore,
Sur les vents, dans la nue, aux portes de l'aurore,
        Dans l'abîme aux flots murmurants ?

        Où donc es-tu, beauté suprême,
        Fleur des printemps et des hivers ?
        Sous quel mystérieux emblème
        Te caches-tu dans l'univers ?
        Es-tu la fleur de la vallée,
        Le rayon d'or, la brise ailée,

Le ciel limpide et souriant?

Es-tu la mer harmonieuse?

Es-tu l'étoile radieuse

Qui resplendit à l'orient?

Oh! ni le rayon d'or, ni le lis, ni l'étoile,

Ni la mer aux flots bleus que sillonne la voile;

Dans le ciel déjà vieux les astres ont pâli ;

Le lis n'a qu'un matin, la brise n'a qu'une heure,

Et le flot de la mer, chassé de sa demeure,

Roule aux abîmes de l'oubli.

Toi seul, ô mon Dieu! dans le monde,

Demeures éternellement,

Et de ta main toujours féconde

Ensemences le firmament.

Les astres du ciel sont ta race,

La lumière n'est que la trace

De tes pas dans les champs de l'air.

Les beautés de nos yeux connues

Rentrent dans toi, de toi venues,

Comme les fleuves dans la mer.

Du jour où ta lumière à nos yeux se révèle,

L'on soupire après toi, beauté toujours nouvelle!

Fleur de l'éternité qui ravis les grands cœurs!

En vain comme Jacob l'âme résiste et lutte,

Le combattant divin, triomphant dans sa chute,

L'embrase de ses traits vainqueurs.

Frappe, enlève, ravis mon âme;

Que je vive à jamais dans toi!

Pour mieux m'embraser de ta flamme,

Foudre d'amour, descends sur moi!

Je t'aime! Mon âme inquiète

Te cherche au sein de la tempête,

30

Te demande au vent, à l'éclair,

Au jour, à la nuit solitaire,

A tous les hôtes de la terre,

A tous les habitants de l'air!

Comme un cerf altéré je languis et soupire;

Oh! viens à moi, Seigneur, descends de ton empire;

Mon cœur vole après toi ; viens étancher mes pleurs;

Descends sur l'aquilon pendant la nuit d'orage;

Ou comme un chant d'amour écouté du rivage

    Sur le zéphir aimé des fleurs.

    Oh! qui pourra dire ta gloire,

    Père de la nuit et du jour?

    L'enfer est plein de ta mémoire,

    Le ciel frémit de ton amour.

    La foudre et les vents sont tes voiles,

    Tu foules aux pieds les étoiles,

Tu marches dans l'immensité ;

Ton souffle remplit les espaces,

Les mondes naissent où tu passes,

Ton domaine est l'éternité.

Tu fis mon cœur semblable à la mer irritée ,

Qui bondit vers les cieux, sans cesse tourmentée,

Et dans son lit profond roule son flot ardent ;

Tu fis mon cœur semblable à l'ouragan qui gronde

Et qui cherche l'espace en dévastant le monde.

   Seigneur ! qui suis-je cependant ?

Un arbuste qu'un oiseau ploie,

Soumis aux injures du temps ;

Un roseau jeté sur la voie

Où se promènent les autans ;

Mais cet arbute, hélas ! si frêle,

Qu'un oiseau courbe de son aile,

Ce roseau qu'un jour voit périr

(Qui viendra sonder ce mystère?),

N'ont pas assez de cette terre,

Seigneur! pour vivre et pour mourir.

Pour s'épancher en toi, dans sa brûlante envie,

Mon cœur a dévasté les heures de ma vie;

L'ouragan a passé, tout a péri, Seigneur!

Et la mer, en montant dans ta gloire profonde,

A brisé les vaisseaux qui portaient en ce monde

Toutes mes chances de bonheur!

Ah! que m'importe? frappe encore,

Écrase-moi de ton amour!

Grand Dieu! ton esprit me dévore,

Et je languis après ton jour!

Dans tes splendeurs, dans tes mystères,

Éclate avec tous tes tonnerres,

Et poursuis-moi sur tout chemin!
Jette-moi sur un roc sauvage,
Brûle mes vaisseaux au rivage;
Seigneur, appesantis ta main!

Je t'aime, et je crîrai toujours : encore, encore!
Plus tu frappes, Seigneur, plus mon âme t'adore.
N'es-tu pas le grand Dieu que cherche l'univers,
Que toute âme poursuit, après qui tout soupire,
Dont l'amour fait mouvoir l'universel empire,
    Et fait trembler jusqu'aux enfers?

XIV.

AIMÉ DE DIEU.

AIMÉ DE DIEU.

❧ ✳ ❦

Celui que vous aimez, mon Dieu, bénit et pleure ;

Sa tête sur son cœur se replie avant l'heure,

Du fond de sa misère il demande pitié.

Le monde vers lui passe et tourne comme une ombre,

Et sa douleur n'obtient de ses amis sans nombre

   Pas même un regard d'amitié.

Mais vous veillez sur lui : la fleur de la vallée

Aux pieds du pèlerin ne sera pas foulée,

Et vous la cueillerez pure dans votre amour

Avant l'heure où le pâtre, errant par la prairie,

Eût broyé sous ses pas sa corolle fleurie

     Comme l'herbe d'un carrefour.

XV.

AUX CHRÉTIENS

DU DIX-NEUVIÈME SIÈCLE.

AUX CHRÉTIENS.

꘠

O Roi des temps! en vain le monde
Se cache à ton œil irrité,
En vain il s'émeut comme l'onde
Au souffle de la vérité,

Ta main en tout lieu le recouvre;
Il veut te fuir? Il te découvre
Jusqu'au fond de ses passions;
Et tes décrets sont les problèmes
Que sous tant de divers emblèmes
Cherchent les révolutions!

Oui, quels que soient les flots qui portent le navire,
Ils poussent vers le port, gardons-nous de maudire!
Indomptés ou soumis, qu'ils aillent, nous irons!
Amis, le mal n'est pas dans les vents et l'orage;
Pourvu que le vaisseau soit sauvé du naufrage,
Nous, les rameurs d'un jour, s'il faut, nous périrons.

Votre foi n'a jamais trébuché dans le doute,
Sans colère et sans peur vous suivez votre route.
Dieu veille sur le monde, il sait où nous allons :
Les hommes marchent tous dans ses profondes voies;

De nos pleurs d'aujourd'hui demain naîtront nos joies,
Et le calme viendra du flanc des aquilons.

Vous savez être grands comme on l'était à Rome,
Vous marchez dignement dans le vaste hippodrome,
Vous connaissez quels dieux peuplent le ciel païen;
Et, lorsque le préteur vous crie : Adore, adore,
Tour à tour vous jetez la coupe, et comme Eudore
        Vous répondez : Je suis chrétien!

Ah! dans ce siècle infect qui nous tient sous sa serre,
Honteux de la vertu comme on l'est d'un ulcère,
Où le serpent reproche à l'aigle de voler,
Où les forts à genoux filent près des Omphales,
Où le vice seul entre aux portes triomphales,
Et d'où l'esprit de vie, hélas! va s'exiler ;

Ah! par ce siècle impur, vous êtes grands, mes frères,
Seuls vous restez debout parmi les vents contraires;
Votre pied peut marcher sur l'abîme mouvant,
L'orage passera sans courber votre tête;
Celui qui vous soutient commande à la tempête,
Et son verbe est connu de la mer et du vent.

Et quand ce siècle ingrat, à son heure dernière,
Aura vu dans le sang déchirer sa bannière,
Qu'il mènera le deuil des peuples et des rois,
D'amour et de pardon ne soyez point avares,
Et prenez-le sanglant dans les mains des Barbares
        Pour l'asseoir au pied de la croix.

        Hommes de cœur et de pensée,
          Des temps inflexibles témoins,
        Dans l'orageuse traversée
        Vous faites comme le Camoëns :

Bonheur, argent, plaisirs et fête,

Vous jetez tout à la tempête,

Tout ce qui peut vous retenir,

Et, nageant d'une main, de l'autre,

Vous sauvez votre foi d'apôtre

Et l'Évangile et l'avenir.

XVI.

UNE DERNIÈRE LARME.

UNE DERNIÈRE LARME.

❧

Je souffre; ah! donnez-moi mon bâton d'aubépine,
Je veux monter ce soir sur la verte colline
Où mon cœur a laissé des souvenirs d'amour!
Je veux voir si la fleur y survit à l'aurore,

Si ma trace au chemin se reconnaît encore,
            Si tout a péri sans retour !

Je cherchais du sentier la trace accoutumée,
J'invoquais dans les vents une voix bien-aimée,
Je demandais un nom au vieux chêne des bois.
Le sentier n'était plus ; les vents étaient l'orage,
L'automne avec la feuille avait chassé l'ombrage ;
Le sentier, la forêt, les vents étaient sans voix.

Et moi, le cœur ému, les yeux mouillés de larmes,
A l'aspect de ces lieux jadis si pleins de charmes,
Je m'écriai : Vallon d'amour et de douleur,
Forêt dont une fois nous avons goûté l'ombre,
Lieu si vivant alors et maintenant si sombre,
            Qu'avez-vous fait de mon bonheur...?

Viens donc, dernier moment d'une vie inquiète,

Luis à mon lit de mort, parais, mon âme est prête;

Mon cœur n'attend plus rien si ce n'est dans les cieux.

Une larme, il est vrai, roule sous ma paupière,

Mais cette larme au moins ce sera la dernière

Qu'un souvenir d'amour m'arrachera des yeux.

XVII.

BLANCHE.

※

A Mme Delphine Y***.

BLANCHE.

Blanche était jeune et belle; elle aimait un artiste,
Un pâle voyageur, au regard fier et triste,
Et son cœur tout entier se prit à cet amour.
Aussi, quand il partit pour un lointain voyage,
Elle se demanda, triste d'un noir présage;
        S'il serait jamais de retour.

Et puis la fièvre vint, qui la surprit tremblante,
La flétrit comme un vent fane une jeune plante,
Comme un ciel d'aquilons tue un vert oranger;
Elle se consumait, solitaire et pensive;
Hélas! et tous les soirs elle allait à la rive
       Où s'embarqua son étranger.

Comme un gui qu'on arrache à l'écorce du chêne,
Elle se dessécha dans une attente vaine;
Son beau front se courba pâli par les douleurs.
Pauvre ramier blessé d'une flèche imprudente,
Elle garda le trait dans sa blessure ardente,
       Et se cacha parmi les fleurs.

Ses rosiers, ses jasmins savaient seuls sa souffrance,
Son cœur brisé se tut dans sa mortelle transe.
Nul ne la vit pleurer, hors son ange et son Dieu;
Et sur un crucifix muette et désolée

Elle posait souvent sa lèvre encor troublée

    De son dernier baiser d'adieu.

Elle souffrit longtemps ; puis, quand la pâle automne

Se leva sur les bois brumeuse et monotone,

Elle se renferma dans sa chambre, et souvent

Pendant les jours de bise elle disait : Ma mère,

J'ai bien froid! et des pleurs effleuraient sa paupière,

    Et tout son corps tremblait au vent.

Et puis elle mourut ; et quatre vierges blanches

Avec des fleurs d'automne et quelques tristes branches

De myrte et de cyprès suivirent son cercueil.

Une seule pleura dans ce pauvre cortége ;

Le lendemain sa tombe était blanche de neige.

    Personne ne porta son deuil.

Deux ans après, un soir, dans une tabagie,

Un homme était assis à la table d'orgie,

Dans un orbite creux roulant un œil éteint.

Une femme à son front qu'avait rougi l'ivresse

Marquait avec du fard chaque ignoble caresse...

    Ils furent là jusqu'au matin.

C'était cet étranger dont la fuite cruelle

Avait brisé sa tige à cette fleur si frêle.

Hélas! le malheureux, quand il apprit sa mort,

Chercha dans la débauche à tuer sa pensée,

Vipère qui toujours se redressait glacée,

    Et l'étreignait d'un froid remord.

O Christ! ô Fils de l'homme! où sont tes monastères,

Tes portiques d'amour, tes cloîtres solitaires?

Le siècle a-t-il fermé tous tes seuils de douleurs,

N'est-il plus un asile où l'âme désolée,

Dans le sein de son Dieu, sur un cher mausolée,

      Puisse du moins verser ses pleurs?

XVIII.

AUX BORDS DES FLEUVES ÉTRANGERS.

❧ ⁂ ☙

À M. l'abbé Marjolet.

Super flumina Babylonis, illic sedimus
et flevimus cum recordaremur Sion.
PSALM.

34

AUX BORDS DES FLEUVES ÉTRANGERS.

Oh! comment sont passés ces jours de tant de charmes
Où mon cœur ignorait la tristesse et les larmes?
Le Seigneur répandait son ombre sur mes pas;
Son aile m'abritait comme une sainte voile,

Et l'esprit de lumière avait dit à l'étoile
D'éclairer mon chemin dans la nuit du trépas.

L'allégresse habitait la maison de mon père,
Son champ était fertile, et sa vigne prospère,
Le vin coulait à flots aux flancs de ses pressoirs,
Son grenier gémissait sous les gerbes mûries,
Et les nombreux troupeaux qui peuplaient ses prairies
Comme une caravane arrivaient tous les soirs.

Les fleurs de son jardin étaient toujours écloses,
On voyait les rosiers plier au poids des roses,
Les arbres s'ébrancher au nombre de leurs fruits;
La terre répondait à sa haute sagesse,
Elle semblait pour lui s'épuiser en largesse,
Et l'automne encombrait ses foyers à grand bruit.

Le ciel avait béni sa rustique demeure,

Il avait fécondé pour lui la terre et l'heure,

Et tourné ses coteaux aux premiers feux du jour;

Ses vergers s'abreuvaient à de grasses fontaines,

Ses épis mûrissaient sous de chaudes haleines,

Et la brise des fleurs embaumait son séjour.

Oh ! comment sont passés ces jours de tant de charmes?

Comment mon cœur si jeune a-t-il connu les larmes?

Je suis la fleur des champs égarée au désert,

Je languis au soleil sans ombre et sans rosée,

Le sable m'a flétrie, et le vent m'a brisée ;

Frêle tige perdue, hélas! j'ai tant souffert!

J'étais un jeune oiseau sans plumes à son aile;

La tempête m'a pris sous l'aile maternelle,

L'aquilon m'a ravi dans son courroux ardent,

Et je cours emporté par les vents et l'orage...

O nid de mon enfance, abrité sous l'ombrage,
Tu n'es pas sur l'abîme où je cours, cependant!

Ma fortune est livrée à la vague contraire,
L'hirondelle est ma sœur, et l'alcyon mon frère ;
Mon aile s'est ouverte au gré d'un vent jaloux.
Je promène en tous lieux ma douleur inconnue,
Et je dis aux oiseaux qui passent dans la nue :
Je suis plus solitaire et plus errant que vous !

Et j'avais cependant un nid, une patrie,
Quelques frères aimés, une mère chérie,
Un cœur où mon amour devait être immortel,
Trésors des premiers jours perdus dans la carrière!
Et deux sœurs dont, le soir, la touchante prière
Dans un vœu de bonheur me nommait à l'autel ;

O mes sœurs! ô doux nom que mon âme répète!

Talismans de bonheur qui charmez ma tempête,

Tendres oiseaux couvés au nid du même amour,

Famille au cœur brûlant et que j'ai tant aimée,

Qui versais sur mes pas comme une ombre embaumée,

O ma mère! ô mes sœurs! vous reverrai-je un jour..?

XIX.

UN DERNIER RENDEZ-VOUS.

UN DERNIER RENDEZ-VOUS.

C'est en vain que tu veux feindre l'indifférence,
Que sous un fier dédain tu caches ta souffrance,
Tu trembles au seul bruit de mes pas, et ton cœur
S'arme en vain contre moi d'une froide rigueur ;
Tu ne m'oublîras pas !... pas plus qu'après l'orage
Le pâle matelot, la nuit de son naufrage ;

Pas plus que le proscrit, le jour sombre et fatal
Où l'exil vint le prendre au seuil du toit natal.
N'as-tu pas naufragé dans cet amour sublime,
Dans ce rêve des cieux qui touchait à l'abîme?
Et pour ses champs de pleurs n'avais-tu pas quitté
Le radieux Éden de ta félicité?

Dans le fond de ton cœur, va! j'ai trop bien su lire.
Lorsque l'on s'est aimé jusqu'à ce grand délire,
Jusqu'à ne voir partout qu'un être sous les cieux,
Jusqu'à verser son cœur tout entier par ses yeux,
Jusqu'à vouloir mourir dans l'extase suprême,
Ah! ne parlons jamais d'oublier ce qu'on aime!
Et comment oublier? Sur les bords du torrent
Qui sous ton mur désert se brise en murmurant,
Lorsque tu descendras, par la nuit calme et pure,
Écouter les oiseaux et l'onde qui murmure,
Le torrent étonné demandera pourquoi
Tu reviens seule aux bords où j'allais avec toi,

Pourquoi ton cœur gonflé de pleurs et de tristesse
S'émeut comme sa vague et s'agite sans cesse,
Et tes yeux chercheront à travers le hallier
Une ombre trop connue au pied du peuplier.

Ton cœur est encore plein de secrètes alarmes,
Hélas! et si jamais cette page de larmes
Au gré d'un vent propice arrive jusqu'à toi,
Ah! ton cœur tout entier revolera vers moi!
Comme à ce premier jour où ton âme ravie
S'épanouit en fleur au soleil de ma vie,
Où sur ta lèvre émue un céleste baiser,
Premier gage d'amour, descendit se poser,
Ton sein tressaillera d'un mouvement sublime,
Le passé renaîtra dans ta pensée intime,
Des siècles s'oublîront, et, comme au premier jour,
Tu reviendras à moi, chaste enfant de l'amour!
Tu répandras ici ton âme désolée;
Que de pleurs tomberont sur la page isolée!

Et je ne pourrai plus, pour calmer tes douleurs,

De ma lèvre altérée étancher ces doux pleurs.

Nos cœurs se sont brisés dans un fatal mystère;

Nous rêvions un bonheur au-dessus de la terre;

Mais, pour nous envoler à son divin séjour,

Nous n'avions à nous deux que l'aile de l'amour.

Le chasseur a lancé sa flèche ardente et sûre,

Et nos cœurs ont gardé le dard dans la blessure.

Mais, écoute, au-delà de cet écueil impur

Où notre amour perdit ses deux ailes d'azur,

Plus loin que l'horizon de la mer mutinée

Dont l'écume a jailli dans notre destinée,

Je sais une contrée où l'espérance en fleurs

Ne se flétrit jamais au souffle des douleurs,

Où le cœur, abreuvé d'éternelles délices,

Ignore tous les flots de nos amers calices;

Là je veux te revoir telle qu'au premier jour

Tu parus aux regards surpris de mon amour.

Écoute et souviens-toi ; car c'est, dans notre vie,

Le dernier rendez-vous où mon cœur te convie ;

Promets-moi d'y venir, ô ma jeune beauté !

Voici l'heure et le lieu : le ciel ! l'éternité !

XX.

SONNET.

SONNET.

❧

Si mon cœur, tourmenté des vents et de l'orage,

S'apaise doucement dans un rêve d'amour ;

Si brisé par les flots je retrouve au rivage

Les biens que j'avais crus échappés sans retour ;

Si comme une hirondelle après un long voyage
L'espérance revient habiter mon séjour ;
Si l'étoile qui brille au-dessus du nuage,
Phare aux divins rayons, à mon ciel luit toujour ;

Je le dois à tes soins, ô fille bien-aimée !
Ma lèvre a bu l'oubli dans ta coupe embaumée,
Et ta voix a charmé la tempête et la mort.

Pour sécher mes cheveux inondés par la lame,
Et rallumer mes yeux à tes baisers de flamme,
Ange consolateur, tu m'attendais au port !

XXI.

LE FOND DE LA COUPE.

❧ ⁎ ☙

LA PATRIE ABSENTE.

> In apro esiglio e 'n dura
> Povertà crebbi in quei sì mesti errori;
> Intempestivo senso ebbi agli affanni,
> Ch' anzi stagion matura
> L'acerbità de' casi e de' dolori
> In me rendè l'acerbità degli anni
> L'egra spoliata sua vecchiezza.....
> TORQUATO TASSO.

LA PATRIE ABSENTE.

Quand un navire sombre à l'horizon en flammes,
Que ses flancs tourmentés sont rompus par les lames
Que, sur les mâts brisés, l'on voit, au gré des flots,
Lutter contre la mort les pâles matelots,

Ami, vous n'êtes pas de cette ignoble foule

Qui contemple du bord ceux qu'emporte la houle,

Et dont l'âme stérile, à l'heure des malheurs,

Ne sait que soupirer ou répandre des pleurs.

Hardi lutteur, vos bras sont connus de l'orage,

Sans crainte l'on vous voit vous jeter à la nage,

Vous domptez l'océan de votre bras vainqueur,

Et vos bras sont moins forts encor que votre cœur.

Le souvenir n'est pas dans votre âme profonde

Le sable qu'à ses bords laisse le cours de l'onde,

Et vous savez garder, fidèle à vos amis,

L'austère attachement que vous avez promis.

Comme un lierre rampant qui couvre une mâsure,

L'oubli n'envahit pas votre fière nature,

Et l'amour, qui chez vous a tracé son sillon,

Peut braver l'avenir plus fort que l'aquilon.

Vous qui vous souvenez, hélas! où l'on oublie,

C'est vers vous aujourd'hui que mon cœur se replie;

C'est à vous, mon ami, que je veux murmurer
Le dernier chant d'exil où mon cœur va pleurer.
Ma première douleur dans mes douleurs sans nombre,
Celle qui sur ma vie a projeté son ombre,
Qui sur mon jeune front creusa le premier pli,
Et qui combla mon cœur comme un vase rempli,
Hélas! je la connus au matin de ma vie,
Lorsque, me détournant de ma route suivie,
Pour la première fois avide de changer,
Je vis fumer au loin le toit de l'étranger.
Ah! que cette douleur fut précoce et féconde!
Par quels rudes chemins j'ai parcouru le monde!
Et dès lors quels torrents d'ennuis m'ont inondé!
Et de combien de flots le vase a débordé!

Oui, si rude que soit le sein de la patrie,
Et si rare le lait dont la lèvre est nourrie,
Si parfumés que soient ailleurs la terre et l'air,
Oui, la patrie est douce, et l'exil est amer!

37

Sur les chemins fleuris des rives étrangères

Ma main n'a point cueilli leurs roses passagères ;

Ma lèvre n'a jamais, pour tromper mes ennuis,

Au cratère fumant, bu l'ivresse des nuits,

Et je n'ai pas laissé, dans une immonde arène,

Ma ceinture de cuir aux mains d'une sirène.

Je n'étais point semblable au cygne des cités,

Qui souille son plumage aux bassins infectés,

Et, content de la mare où son aile se joue,

Aux regards des passants barbote dans la boue.

J'étais comme un faucon surpris par l'oiseleur,

Et qui meurt solitaire en sa fière douleur.

Je meurtrissais ma tête aux barreaux de ma cage ;

Il fallait l'air des monts à mon humeur sauvage :

Les vents de la montagne étaient mes seuls concerts,

Et j'errais aux cités comme aux champs des déserts.

Que m'importait, à moi, cette foule effrénée,

Cette vague hurlante aux plaisirs entraînée ?

L'hôte des monts sait-il ce que font les oiseaux

Qui vivent aux marais à l'ombre des roseaux ?

Ah ! quand on a vécu sur ces hauteurs sublimes,

Bercé par l'ouragan, au-dessus des abîmes,

Plus haut que le tonnerre et son nuage en feu,

Que l'on a vu de près le royaume de Dieu,

Qu'on a puisé la vie à sa source première,

Que l'œil s'est inondé d'azur et de lumière,

Lorsque l'on a régné sur ces hardis sommets

Où le pied des humains ne se posa jamais,

Sans autre frein que Dieu, libre de toutes règles,

Qu'on a bu dans la source où s'abreuvent les aigles,

Comment peut-on descendre à ces bords infestés,

Et vivre dans la fange où nagent les cités ?

Terre de mes aïeux, ravissante contrée,

Reine aux flancs de granit de ton peuple adorée,

Qui portes ton front pur plus haut que l'aquilon,

Et reposes tes pieds dans les fleurs du vallon,

Chaste vierge des monts dont le sourire enivre,

C'est à ton peuple seul que ta beauté se livre;

L'étranger ne sait pas tes mystères d'amour :

Diane des rochers, tu te caches au jour.

Ton nom n'a point roulé d'orages en orages

Dans la haine ou l'opprobre aux plus lointains rivages,

Tes sentiers ne sont point battus des voyageurs

Que chassent leurs ennuis ou les remords vengeurs.

Tu dors heureuse et calme au sein de ta nature ;

L'or n'a point dénoué ta pudique ceinture,

Et tu n'a pas appris la langue aux vils accents

Dont tes impures sœurs enivrent les passants.

Voilà pourquoi je t'aime, ô fille des montagnes !

Pourquoi mon œil se plaît à tes vertes campagnes,

Et sur ces bords ingrats où meurt mon avenir,

Voilà pourquoi je pleure à ton seul souvenir.

Dans un de ces salons où, pour charmer les veilles,

L'artiste et le poëte apportent leurs merveilles,

Un jeune voyageur, épris pour les beautés

Que déroulent les monts aux regards enchantés,

Revenu des pays où pleurent les cascades,

Où les glaciers au ciel vont s'ouvrir en arcades,

Où l'aigle et le chamois ont élu leur séjour,

Où le sol est si beau de grandeur et d'amour,

Racontait, une nuit, au fond de ces contrées,

Tout ce qu'il avait vu de vertus ignorées;

Leurs ravissants tableaux, leurs paysages verts,

Doux édens que les monts ferment à l'univers.

Il disait la candeur de cette race antique,

L'austère probité sous le chaume rustique,

Son hospitalité digne des premiers temps,

Et sa foi de granit qui brave les autans.

A chaque mot, troublé d'une pensée amère,

Je détournais le front comme l'hôte d'Homère,

Et ma main ramenait mon manteau sur mes yeux

Pour cacher dans ses plis mes pleurs silencieux.

« Un soir, dit l'étranger, surpris par la tempête,

Au seuil d'un humble toit je frappe et je m'arrête.

Une femme, un enfant, priaient à deux genoux :

— Entrez, me dit la femme, et priez avec nous!

A cet accent du cœur que le cœur seul devine,

Devant le Christ de bois comme elles je m'incline,

Et pendant que la foudre ébranle l'horizon,

J'appelle l'œil de Dieu sur cette humble maison.

Puis, lorsque l'ouragan se tut dans la vallée,

Nous nous levâmes tous, l'âme un peu consolée.

Le mélèze et le pin remplirent le foyer,

Et l'on dressa pour moi la table de noyer.

Douce hospitalité qui n'a plus de pareille!

L'on déboucha pour moi la dernière bouteille.

Hélas! et mieux encore que son vin généreux,

Je voyais ce bon cœur se verser dans ses vœux.

— Que Dieu, lui dis-je ému, bénisse ta prière,

Qu'il garde à tes baisers ton enfant, bonne mère!

La paix à tes vieux jours ne fera pas défaut;

Et c'est là le bonheur. — Le bonheur est plus haut,

Me dit-elle, ah! qui peut être heureux sur la terre?

Tout fruit porte son ver, et tout cœur sa misère.

Le bonheur ici-bas? Ne parlez pas ainsi,

J'avais un fils, monsieur, et je suis seule ici!

Il erre à l'étranger, sans patrie et sans guide,

Et comme dans mon cœur ici sa place est vide.

Il ne reverra pas le toit de ses aïeux,

Et moi... moi, je mourrai sans qu'il ferme mes yeux !

Le ciel n'aurait pas dû m'infliger cette épreuve ;

Je reste sans appui sur terre, et je suis veuve ;

Chaque fois que l'orage éclate sur les monts,

Nous prions toutes deux pour ceux que nous aimons,

Pour ceux que loin des leurs va surprendre l'orage,

Pour tous les voyageurs... Hélas ! mon fils voyage !

Quand vous êtes entré j'ai dit à Dieu : Merci !

A la maison d'autrui peut-être il frappe ainsi.

La voix de cette femme eût amolli la pierre ;

Une larme, à ces mots, tomba de ma paupière.

Calmez votre douleur, lui dis-je, il reviendra,

Et l'ange de Tobie un jour vous le rendra. »

Je ne pus jusqu'au bout écouter cette histoire,

Je fondis en sanglots devant tout l'auditoire :

Pour mon cœur déchiré l'effort était trop grand,
Et la main sur mes yeux, je sortis en pleurant.

Ma mère, Pauvre mère! O destin lamentable!
Ainsi donc l'étranger va s'asseoir à ta table,
Il occupe au foyer la place de ton fils,
Il s'incline avec vous devant ton crucifix,
Et peut-être ma sœur, dans son humeur légère,
Lui demande en riant qu'il la mène à son frère;
Et l'étranger a vu, rempli d'un doux émoi,
Cette enfant de mon cœur qui grandit loin de moi.
Et seul, et désolé sur cet ingrat rivage,
Je me consume au sein d'une lutte sauvage,
Et j'erre sans espoir dans ma vaste prison,
Et je ne puis frapper au seuil de ma maison:
Et je n'ai pas fermé les yeux à mon vieux père,
Ni pleuré sur son lit, ni consolé ma mère:
Le malheur l'a surprise en son flot dévorant,
Et je n'étais pas là pour barrer le torrent;

Et l'avide héritier, quand son regard se mouille,
En raillant sa douleur, mange notre dépouille !...
Non, non ! Et puisqu'enfin de la nuit du trépas
Mon vieux père outragé ne se relève pas,
Qu'il ne peut écarter des lèvres de sa veuve
Cette coupe de fiel dont la haine l'abreuve,
Que je demeure seul au terrestre séjour
Pour l'arracher vivante aux serres du vautour,
Quand je suis ici-bas sa dernière colonne,
Je ne resterai pas aux murs de Babylonne,
Pour arriver plus vîte à son humble vallon,
J'emprunterai, s'il faut, l'aile de l'aquilon.

Il est un roi dont l'âme, au feu du ciel trempée,
Sait tenir la balance aussi bien que l'épée ;
Dans sa haute sagesse et sa forte équité,
Il sait juger le temps devant l'éternité ;
Plein d'amour pour son peuple, et pour lui seul austère,
Son royaume est heureux sur tous ceux de la terre ;

Méconnu dans son œuvre, il en appelle à Dieu,

Et le bonheur de tous est son unique vœu.

Heureuses les cités qui l'appellent leur père!

La main de sa justice est féconde et prospère.

De ceux qui n'en ont pas son grand cœur est l'appui;

Le faible et le puissant sont égaux devant lui.

Son pouvoir souverain, qui de Dieu seul relève,

Prononce par l'amour et non pas par le glaive,

Et son bras tout puissant, dans sa mâle vigueur,

Ne connaît ici-bas d'autre frein que son cœur.

Devant ces majestés, où tant d'amour remonte,

Le fier républicain peut s'incliner sans honte.

J'irai, je lui dirai mes saignantes douleurs,

Et sa main fermera la source de mes pleurs.

XXII.

A S. M. LE ROI DE SARDAIGNE

DE CHYPRE ET JÉRUSALEM,

Duc de Savoie et de Gênes, Prince de Piémont, etc.

A S. M. LE ROI.

Sire, quand Lucifer, le prince de lumière,
Se lassant de marcher dans sa gloire première,
Ivre d'orgueil, osa, contre celle de Dieu,
Déployer dans le ciel sa bannière de feu,

Parmi les révoltés de la sombre phalange,

Un esprit se trouvait (*), doux et sensible Archange,

Qui, découvrant soudain dans le camp des élus

Un ami qu'il aimait et qu'il ne verrait plus,

Pencha son front, brisé d'un désespoir sublime,

Et s'en alla pleurer dans un coin de l'abîme.

Là, comme un prisonnier qui ne doit plus sortir,

Il fut pris dans son cœur d'un amer repentir;

L'éternelle patrie, à ses yeux pleins de larmes,

Apparaissait alors belle de tous ses charmes;

Son ami le cherchait, en pleurant, dans les airs,

Et sa place était vide aux célestes concerts!

Cantiques de bonheur, divines mélodies,

Amours des cieux brûlants comme des incendies,

Prières et soupirs, muets ravissements,

Dans le sein de son Dieu sacrés épanchements,

Suprêmes voluptés, ineffables mystères,

Avant qu'un premier pleur eût arrosé la terre,

(*) Voir dans le *Messie* de Klopstock le touchant épisode d'Abadonna,
l'Ange du repentir.

Intimes entretiens avec le bien-aimé,

Bonheur universel et sitôt consommé,

Tous les beaux souvenirs de sa splendeur éteinte,

Comme les glas plaintifs d'une cloche qui tinte,

A cette âme flétrie au souffle du remord,

Venaient, l'un après l'autre, apporter une mort.

Aussi quand les maudits, dans leur rage obstinée,

S'assemblaient pour tenter encor la destinée,

Ou pour railler le ciel ou pour le défier,

Près du club infernal il passait triste et fier.

Mais souvent, égaré dans les champs des ténèbres,

Il attendait aux bords des royaumes funèbres

Que la porte, en s'ouvrant au céleste séjour,

Laissât luire un rayon de l'immortel amour,

Ou que son bien-aimé, l'ange resté fidèle,

Vint éclairer la nuit d'un reflet de son aile.

Et puis il s'en allait, par la douleur rompu,

Et son œil reprenait son pleur interrompu.

SIRE, tel fut mon sort. — Aux fêtes de la vie,

Dans un printemps d'amour, lorsque tout nous convie,

Que l'ardente jeunesse invoque avec transport,

N'importe quels courants qui l'éloignent du port,

Et, la poussant au loin sur les mers amoureuses,

La fassent dériver vers des îles heureuses;

A cet âge où, séduit par mille voluptés,

L'homme croit habiter sur des bords enchantés,

Moi, pauvre pèlerin, errant à l'aventure,

Je pressais vainement les flancs de la nature;

Pour ma soif attisée, hélas ! comme à dessein,

La marâtre n'avait plus de lait dans son sein.

Les fleurs se desséchaient sous ma main imprudente,

Les torrents écoulés trompaient ma lèvre ardente,

Et pour moi, nulle part, en aucune saison,

Aucun toit ne fumait à l'immense horizon.

Lorsque j'avais quitté les champs de ma patrie,

Ma source de bonheur s'était soudain tarie;

Et le cœur oppressé sous un poids étouffant,

Je m'écriai : — Pourquoi ne suis-je plus enfant?

J'étais heureux alors! j'avais une famille,

Des compagnons de jeu, le soir, sous la charmille,

Une mère attentive à mes moindres besoins,

Des sœurs qui m'entouraient aussi de tendres soins,

Des plaines pour courir, pour dormir une couche,

Des fruits pour apaiser les ardeurs de ma bouche,

Et des frères nombreux, et de joyeux ébats :

J'avais tout ce qui fait le bonheur ici-bas.

Maintenant je n'ai plus ni famille, ni mère,

La misère est ma sœur, et le malheur mon père ;

J'ai les bois pour abri sous un ciel inhumain,

Et pour lit de repos, les pierres du chemin.

A ce moment, saisi d'une douleur étrange,

J'ai maudit la nature et j'ai fait comme l'ange ;

L'orgueil se réveilla dans mon cœur attristé,

Et contre les destins je me suis révolté.

Mais sitôt que mes yeux eurent vu dans l'arène

Ceux qu'avaient tant aimés mon enfance sereine,

Je fis taire les cris de toutes mes douleurs,

Et je quittai la lice en répandant des pleurs...!

Dès lors j'abandonnai les routes de la terre,

Comme l'ange exilé, je vécus solitaire,

Et comme lui, banni peut-être sans retour,

Je regardais de loin les lieux de mon amour;

Car les vents de la terre et les vagues de l'onde

Y repoussaient toujours ma course vagabonde.

Dans l'amer désespoir de mon cœur éperdu,

Je venais contempler mon Paradis perdu :

Triste, je m'asseyais sur l'angle d'une pierre,

Et, vers les monts lointains soulevant ma paupière,

A tous les souvenirs de mon heureux printemps,

Je penchais mon visage et je rêvais longtemps!

Et lorsque j'avais bien roulé dans ma pensée

Ces chers et vains débris d'une époque passée,

Lorsque j'avais ainsi remué dans mon cœur,

Pour les faire couler, tous mes flots de douleur,

Je me sentais pressé d'indicibles alarmes,

Et ma voix tout-à-coup éclatait dans les larmes...!

Qui me ramènera vers les bords fortunés

Où sont morts mes aïeux, où mes frères sont nés,

Sous le ciel calme et bleu de ma douce patrie,

Aux lieux où s'écoula mon enfance fleurie?

Rêves d'ambition, mirages décevants,

Me rendrez-vous les biens que j'ai jetés aux vents?

Heureux qui n'a jamais secoué ses sandales

Sur l'escalier d'autrui, loin des terres natales,

Et demeurant fidèle au dieu de ses foyers,

N'a jamais déserté l'ombre de ses noyers;

Il ne sait pas combien c'est une lourde peine

De regarder sans cesse à la plage lointaine,

Sans pouvoir un seul jour, dans son brûlant souci,

Se dire en s'asseyant : Reposons-nous ici!

La paix n'habite pas sur l'aile des tempêtes,

Les jours du voyageur ne comptent point de fêtes;

Si, lassé du chemin, il s'endort un moment,

Il dort comme l'oiseau, sur un pied seulement.

Ah! je sais trop l'exil et ses peines cuisantes,

Et ses âpres douleurs sans cesse renaissantes,

Et combien il est dur d'entrer chez l'étranger,

Et combien son froment est amer à manger...!

Si du moins, au retour de mes errantes courses,

Des bonheurs écoulés je retrouvais les sources;

Si, remontant le flot de mes ans révolus,

Je pouvais embrasser tous ceux qui ne sont plus,

Tous les chers compagnons d'un âge plus prospère,

Les jeunes mes amis, les vieux ceux de mon père!

Mais hélas! maintenant que tout s'est effacé,

Qu'irai-je recueillir où la mort a passé?

Où sont donc les amis de mon adolescence,

Ceux dont mon cœur souffrant a tant pleuré l'absence?

Ceux dont la main guida mes pas encor tremblants?

Mes frères si nombreux? mon père aux cheveux blancs?

Le temps a dépeuplé la maison paternelle,

Hélas! comme l'hiver, le nid de l'hirondelle.

La mort plus d'une fois a visité son seuil ;

Comme moi, tous ses murs aujourd'hui sont en deuil ;

Et si j'y retournais, une main étrangère

Viendrait seul m'ouvrir la maison de mon père

La discorde a semé le chant de mes aïeux...

Ah ! pour ne pas le voir, détournez-vous, mes yeux.

Seulement, dans le coin d'une pauvre chaumière,

Souvent sans feu le jour, et la nuit sans lumière,

Vivent dans leur amour, sublimes ignorants,

Deux anges que le ciel m'a donnés pour parents ;

Jamais au malheureux leur porte n'est fermée,

Ainsi qu'un temple saint leur demeure est aimée ;

A leur premier soupir, les malades en pleurs

Les rencontrent penchés sur leur lit de douleurs,

Et dans un soin pieux versant sur leurs souffrances

Le dictame divin des douces espérances.

Le pauvre, quand il vient, s'asscoit à leur repas,

Mille vœux de bonheur accompagnent leurs pas.

Vivre dans la prière et dans la solitude,
Et se donner à tous est leur unique étude;
Leur bouche a des accents d'ineffable douceur,
Et ces anges d'amour sont ma mère et ma sœur.
Ma sœur encore enfant! ma mère déjà vieille!
A ces doux noms mon âme en sursaut se réveille,
Je sens frémir mon sang et se mouiller mes yeux,
Ainsi qu'Abadonna, l'ange exilé des cieux.
Le jour où je quittai les monts de la Savoie,
De nos cœurs à la fois s'exila toute joie;
Au fond de nos vallons, pèlerin de malheur,
Je laissai mon repos et j'emportai le leur...!

Eh bien! dût le chemin qui mène à ma patrie
Être plus rude encore, et ma tête meurtrie
Ne pas trouver de pierre où se poser le soir;
Dussé-je n'avoir pas une table où m'asseoir,
Pas un seul cœur ému qui de moi se souvienne,
Pas une main d'ami pour étreindre la mienne;

Comme le Lépreux d'Aôste, au flanc de son rocher,

Dussé-je cultiver des fleurs sans les toucher,

N'avoir pour compagnon, dans ma triste vallée,

Qu'un chien, et pour abri qu'une tour désolée,

Et quand je souffre trop pendant les longues nuits,

Qu'une sœur pour me plaindre et bercer mes ennuis,

Une sœur qui, souffrant de la même souffrance,

Prie et veille avec moi jusqu'à la délivrance...

Je veux aller revoir les lieux que je chéris,

De mon bonheur au moins retrouver les débris;

Si ce ne sont les morts qui dorment sous la pierre,

J'embrasserai leurs fils, hélas! ou leur poussière!

Je saurai dans quel lieu vénérable et sacré

Repose pour jamais mon père tant pleuré.

Sire, vous le pouvez, à mon âme brisée,

Reversez l'espérance et sa douce rosée;

Ne me condamnez pas, pour l'erreur d'un moment,

A mourir dans l'exil, cet infernal tourment!

Assez de noirs soucis ont rempli mes années

Depuis que j'erre au gré des sombres destinées ;

Du jour où je conçus mon funeste dessein,

Assez de vers rongeurs ont dévoré mon sein ;

De regrets déchirants ma fuite fut suivie,

Le ciel a châtié tous les jours de ma vie.

Je reviens maintenant, et du temps accompli,

SIRE, à Dieu comme à vous, je demande l'OUBLI!

Un jour, si l'avenir vient combler mon attente,

J'expîrai mes erreurs par une œuvre éclatante;

J'irai, je parcourai, je sonderai les mers

Où l'histoire agita jadis ses flots amers;

Hardi navigateur, sur la foi d'une étoile,

Dans nos fastes passés je lancerai ma voile.

Soit que, pour les sceller dans un livre, vivants,

J'exhume les hauts faits qu'ont emportés les vents;

Soit qu'il faille tailler l'histoire en épopée,

SIRE, voici ma plume : elle vaut une épée.

XXIII.

LE FOND DE LA COUPE.

❧ ✳ ❧

LE RETOUR.

À S. E. Monseigneur E***.

ÉVÊQUE DE P.

LE RETOUR.

Allons : je veux revoir mes montagnes aimées,
Mes vallons caressés des brises embaumées,
Mes pics illuminés des premiers feux du jour,
Et mes bois, et mon lac aux vagues amoureuses,

Et ma rivière errante, et ses rives heureuses,
Et tout ce que j'aimais dans mon premier amour.

J'irai m'asseoir encore sur les hautes falaises,
Aux flancs des rochers nus, à l'ombre des mélèzes,
D'où l'on voit à ses pieds les aigles tournoyer,
Sous la charmille sombre où la brise murmure,
Au bord de la fontaine où bouillonne une eau pure,
Au seuil de la maison qu'ombrage un vieux noyer.

Oiseaux, qui revenez à vos amours fidèles,
Vous me devancerez, rapides hirondelles!
Comme vous je reviens, mais, hélas! triste et seul,
Semblable au voyageur étranger sur la terre
Qui dans l'éternité retourne solitaire,
Et qui pour le chemin n'emporte qu'un linceul.

Mais d'où vient qu'en voulant chanter comme la lyre,

Qui s'exhale joyeuse en triomphants accords,

Mon âme s'assombrit et que ma voix soupire

  Comme l'orgue des morts ?

      ◈ ÿ ◈

       ·

Ah ! partons : déployez la voile triomphale,

Que le vent du bonheur souffle après la rafale ;

Je veux sentir encor, dans un transport brûlant,

Tous les cœurs que j'aimais contre mon cœur tremblant.

En remontant les jours de mon adolescence,

Mon pied effacera les traces de l'absence.

Il est un doux sentier où j'ai souvent marché,

Entourant de mes soins un ange au front penché ;

Le sauvage églantier et la verte aubépine

En dessinaient les bords au flanc de la colline,

Et nous allions, son bras appuyé sur le mien,

Épanchant nos amours dans un doux entretien.

Nous disions à la nuit, à la forêt profonde,

Nos secrets qu'emportaient les murmures de l'onde ;

Nous rêvions le bonheur, ce vain rêve des jours,

Et le sentier perdu savait seul nos amours.

Peut-être a-t-il gardé quelque trace chérie,

Quelque vieux souvenir à mon âme attendrie !

Le long des églantiers peut-être bien souvent

A-t-il revu la vierge errer seule en rêvant,

Et s'asseyant, émue à sa propre souffrance,

Regarder tristement du côté de la France !

Peut-être... Oh ! si l'amour me gardait ce bonheur !

Si je la revoyais comme elle dans mon cœur,

Si tous les souvenirs de ma verte jeunesse

Refleurissaient au souffle ardent de sa tendresse,

Si l'amour... Mais silence ! Espoir, rêve insensé,

Oh ! tais-toi, l'avenir est enfant du passé.

Qui peut planter la ronce et recueillir l'olive ?

Le temps flétrit les cœurs, le flot ronge sa rive ;

L'arbre chargé de fleurs que la foudre a touché

Ne porte point de fruits, et se meurt desséché.

Qui sondera jamais le cœur et ses abîmes,
Ce qu'il contient naissant d'espérances sublimes,
Et, quand il a passé par le monde et le temps,
Ce qu'il roule d'écume et de débris flottants...?

Oui, quand même la vierge au céleste sourire,
Serait encor l'enfant de mon premier délire,
Quand je retrouverais à mes désirs rendus
Tous mes beaux rêves d'or et mes espoirs perdus,
Quand, renouant ma vie à sa chaîne brisée,
Le ciel ramènerait ma jeunesse épuisée,
Ce bonheur tant cherché vainement aurait lui,
Mon cœur n'en voudrait plus, il ne croit plus à lui.

Mais d'où vient qu'en voulant chanter comme la lyre,
Qui s'exhale joyeuse en triomphants accords,
Mon âme s'assombrit et que mon cœur soupire
        Comme l'orgue des morts ?

Le front penché longtemps sur le cours de la vie,

J'ai vu la vanité de tout ce qu'on envie.

Chaque amour, ici-bas, dans son sein en naissant,

Porte un serpent caché qu'il nourrit de son sang.

Il grandit sourdement sous les chaudes caresses

Et les soupirs brûlants des premières tendresses;

Puis quand le cœur, lassé de ses jeunes transports,

Sous le poids de l'ennui sent fléchir ses ressorts,

Quand survient le retour, du fond de son repaire

L'on voit poindre soudain la tête de vipère.

Dès lors tout est perdu ; le bonheur s'est enfui,

Et l'hôte de malheur reste seul après lui.

Laissons les souvenirs dans leur doux sanctuaire,

N'éveillons pas les morts dans leur pâle suaire ;

Nos amours immolés renaîtront quelque jour,

Mais pour ne plus mourir, dans l'éternel séjour.

Je n'irai pas chercher au flanc de la colline,

Le long du vert sentier où fleurit l'aubépine,

Ce qu'il peut y rester de nos amours passés,

Et nos vieux entretiens, et nos pas effacés ;

Je ne demande rien que l'ombre et la retraite,

Qu'un asile où cacher ma blessure secrète,

Et si je dois mourir, que de dormir aux lieux

Où mon père repose auprès de ses aïeux.

Oh! partons : que la nuit me couvre de son ombre,

Comme le ciel, mon cœur est orageux et sombre;

Pour un proscrit qui rentre à ses foyers déserts,

La nuit n'a pas trop d'ombre, et l'orage, d'éclairs.

Mais d'où vient qu'en voulant chanter comme la lyre,

Qui s'exhale joyeuse en triomphants accords,

Mon âme s'assombrit et que ma voix soupire

      Comme l'orgue des morts?

Arrêtons-nous ici...! Mon cœur s'émeut et pleure;

Voilà le seuil fermé de l'antique demeure.

Écoutons! aucun bruit. Comme au champ de la mort

La paix habite ici : tout repose et tout dort!

Asiles où mon cœur vient chercher sa défense,

Ouvrez-vous! ouvrez-vous, portes de mon enfance!

Seuil désert trop longtemps oublié de mes pas,

Je reviens... ouvre-toi! Ne me connais-tu pas?

C'est l'enfant égaré sur des plages lointaines,

Abreuvé si longtemps à d'amères fontaines,

Qui, lassé de marcher sous une dure loi,

Revient te demander le repos... Ouvre-toi!

Hélas! je crie en vain; comme une froide pierre,

Le seuil inexorable est sourd à ma prière.

Je suis donc étranger ici comme partout!

Mon bâton dans ma main est encore debout,

Marchons : peut-être au loin, sur un brûlant rivage,

S'ouvrira devant moi la hutte d'un sauvage,

Elle m'abritera dans ses foyers étroits

Quand le seuil paternel reste sourd à ma voix.

O mon père! ô ma mère! ô mes sœurs! ô mes frères?

Où donc êtes-vous tous, jouets des vents contraires....!

Quoi! personne ne sort, au bout de mon chemin,

Pour prendre mon bâton et me serrer la main!

Personne devant moi ne va vers mon vieux père
Annoncer en courant la nouvelle prospère !
Personne pour m'étreindre, en pleurant, dans ses bras,
Pour changer ma tunique et tuer le veau gras !
Après le sombre exil quelle sombre arrivée !
Le nid où s'abattait la joyeuse couvée,
Qu'elle emplissait de bruit, d'harmonie et d'amour,
Après sept ans, voilà comme il est au retour !
Semblable au noir réduit du hibou solitaire
Et ses hôtes au loin dispersés sur la terre.
Ah ! c'est que la maison de mon père n'est plus,
Celle où je frappe en vain, mais celle des élus !

Mais d'où vient qu'en voulant chanter comme la lyre,
Qui s'exhale joyeuse en triomphants accords,
Mon âme s'assombrit et que ma voix soupire

       Comme l'orgue des morts ?

Le chêne voit grandir à l'abri de son ombre,
Sur le même plateau, ses rejetons sans nombre;
L'aigle bâtit son nid sur le roc élevé,
Dans l'aire où tout petit sa mère l'a couvé;
Mais la famille humaine, errante dans l'espace,
Roule comme la vague au gré du vent qui passe.
Où va-t-elle? Amasser, hélas! avec des pleurs,
Ou plus près ou plus loin sa moisson de douleurs.
Le globe où nous vivons, dans ses sombres ruines,
Porte les fruits maudits, la ronce et les épines.
Dans ses plus hauts espoirs notre cœur est déçu,
Et le deuil est partout où la femme a conçu.

Du moins dans le calice offert par une mère,
La saveur du destin nous semble moins amère;
Au vase débordant des souffrances du jour
Elle épanche en secret le miel de son amour;
O mère! que j'ai bu de son impure écume
Sans qu'un peu de ce miel en trompât l'amertume!

Aussi quand, de retour aux pieds de mon rocher,

Je vis quels maux au loin j'étais aller chercher,

Et combien j'avais fait, dans son riche domaine,

Une vaste moisson de la misère humaine,

Et que parti, le cœur si brûlant au matin,

Je revenais, hélas! avec ce seul butin,

Et que je n'avais plus, sous le toit domestique,

Une place au foyer où sécher ma tunique,

Et qu'en frappant au seuil à qui j'étais rendu,

Nul, excepté la mort, ne m'avait répondu,

Une immense douleur traversa mes entrailles,

Et je crus voir passer mes propres funérailles!

O Dieu des jugements, saint vengeur! est-ce ainsi,

Grand Dieu! que tu devais me ramener ici?

Mais d'où vient qu'en voulant chanter comme la lyre,

Qui s'exhale joyeuse en triomphants accords,

Mon âme s'assombrit, et que ma voix soupire

      Comme l'orgue des morts?

La nuit m'enveloppait de son pieux mystère,

L'homme, l'oiseau, le vent, tout dormait sur la terre;

L'orage qui grondait dans un ciel en fureur

Était tombé partout si ce n'est dans mon cœur;

Je voyais devant moi le toit de ma jeunesse,

L'abri de mes beaux jours perdu pour ma vieillesse;

Tourments du sombre exil, ô misère! ô douleur!

Vous n'êtes rien encore, et voici le malheur!

Je sentis malgré moi se mouiller ma paupière;

J'entrai comme un voleur au jardin de mon père,

Et tombant à genoux, solitaire, éperdu:

Adieu donc, m'écriai-je, Éden que j'ai perdu!

Rêve de mon printemps, paradis d'un autre âge,

Mes fils ne viendront pas dormir sous ton ombrage;

Tu n'abriteras plus sous tes rosiers en fleurs

Ni mes sœurs, ni ma mère, ô terre de douleurs!

Pour les miens et pour moi, sur ta dure limite,

Dans chacun de tes fruits le destin t'a maudite,

Et pourtant je t'aimais d'un fraternel amour;

Mon père avait élu tes champs pour son séjour,

Il avait fécondé tes landes désolées ;

Peut-être il erre encor sous ces vertes allées ;

Sa charmille est ici ; son rosier, le voilà,

Le feuillage a tremblé..... Vieux Laërte, es-tu là ?

Es-tu là, bon vieillard ? Courbé par les années,

Ton front chauve se penche au poids des destinées.

Des bords de ton jardin, dans un sourire amer,

Depuis combien de temps regardes-tu la mer ?

Ton fils ne viendra pas consoler ton grand âge,

Ses rivaux insolents mangent son héritage ;

Et lui, battu des vents, sur un rocher lointain,

Il est mort inconnu, vain jouet du destin !

Son corps abandonné languit sans sépulture,

Et les oiseaux du ciel en ont fait leur pâture...!

Non, non... ne me crois pas ; sèche ces pleurs brûlants,

Vieillard, n'outrage pas ainsi tes cheveux blancs !

42

Ton cœur tressaillera d'amour et d'allégresse ;
Il vit, il reviendra consoler ta vieillesse,
Il est au port ; les dieux l'ont ramené vers toi.
Non, non, ne me crois pas, mon père, embrasse-moi,

Quoi! tu doutes encor ? Viens avec moi, mon père ;
Voilà le banc rustique où s'asseyait ma mère,
Lorsque, par un beau soir, son cœur tendre et pieux
M'enseignait la prière et la crainte des dieux.
D'ici tu me montrais le chemin des étoiles ;
De là, les flots des mers sillonnés par les voiles ;
Là-bas est le berceau de fleurs qui m'ombragea ;
J'ai planté ce poirier..... qu'il a grandi déjà !
Tu me traças toi-même, à l'angle de l'enceinte,
Un coin où j'élevais la rose et la jacinthe.
Mes jours allaient en paix sur ces bords fortunés ;
Ces arbres sont à moi, tu me les as donnés.
Je te dirai le nom de cette eau qui murmure ;
Connais-je bien ces lieux ? Veux-tu voir ma blessure ?

Elle est sensible encor ; tiens, voilà mon sein nu...

Es-tu content, mon père, et me reconnais-tu ?

Hélas ! le vieux Laërte a cessé de m'entendre,

Et, vaincu par les ans, il s'est lassé d'attendre ;

Sa trace a disparu de ces sentiers déserts.

Le temps a dépeuplé tous ces ombrages verts,

Le rossignol a fui ces arbres taciturnes ;

L'on n'entend plus ici que les hiboux nocturnes,

Augures de malheur dont mon âme trembla !

Et comme dans mon cœur la mort a passé là !

Mais d'où vient qu'en voulant chanter comme la lyre

Qui s'exhale joyeuse en triomphants accords,

Mon âme s'assombrit, et que ma voix soupire

    Comme l'orgue des morts !

Et franchissant alors la lugubre barrière,

Je saluai ces lieux d'une larme dernière ;

Je passai, comme Adam courbé sous le remord,

De mon Eden perdu dans le champ de la mort.

Royaume du repos et port de tout naufrage,

Hélas! c'est donc ici le dernier héritage!

Le bord sombre et fatal du gouffre où tout descend,

Où le flot de la vie expire en gémissant!

Cet asile me reste après ceux que je pleure;

Nul ne m'enlèvera du moins cette demeure;

Et quand je frapperai de mon pied triste et lourd

A ce seuil de repos, il ne sera pas sourd.

Là viennent expirer les bruits de la tempête.

A ce terme final le voyageur s'arrête,

Son lit est préparé pour ce dernier moment,

Hélas! et que l'on dort ici profondément!

Toi qui m'attends, mon père, en cette solitude,

N'est-ce pas que la vie est un chemin bien rude,

Qu'aux angles des rochers, sous une dure croix,

Les pieds saignent souvent dans ses sentiers étroits;

Que l'ouragan est fort sur l'océan du monde,

Que cette mer vivante est terrible et profonde,

Que le repos est doux lorsque l'on a vaincu,

Et qu'il fait bon mourir après avoir vécu?

Comme un chef de pasteurs qui part pour un voyage,

Avant de commencer ce grand pèlerinage,

Tu rassemblas tes fils dans un suprême vœu,

Et tu les nommas tous, et tu leur dis adieu;

Ils vinrent tour à tour baiser ta main mourante,

Tu les bénis encor de ta voix expirante,

Et, le cœur plein de calme et de recueillement,

Tu prias avec eux jusqu'au dernier moment!

Oh! dis-moi cependant, à cette heure dernière,

Nul regret ne vint-il humecter ta paupière?

Ne détournas-tu pas ton regard désolé,

Et ne pensas-tu point, mon père, à l'exilé?

Si je savais du moins que dans cette heure sainte

Une larme eût tombé de ta prunelle éteinte,

Qu'un soupir de regret me fût venu de toi,

Ou qu'un mot de ta bouche eût été jusqu'à moi,

Avec moins de douleur j'embrasserais la pierre
Où mon cœur désolé sent frémir ta poussière!
Et l'exil m'eût semblé moins amer en ce jour,
Si j'avais sur ton lit pu pleurer à mon tour...!

Hélas! je ne veux plus chanter comme la lyre
Qui s'exhale joyeuse en triomphants accords;
Que mon cœur s'assombrisse, et que ma voix soupire
    Comme l'orgue des morts!

ÉPILOGUE.

—

Il est une patrie au-dessus des tempêtes,
Un monde par-delà nos rivages en pleurs,
Où le siècle s'épanche en d'éternelles fêtes,
    La vie en d'immortelles fleurs ;

Dans ces ravissantes demeures

Le temps n'a plus de jours ni d'heures;

Le temps comme son fruit y porte le bonheur,

Le soupir de l'amour en est la seule plainte;

C'est le séjour divin dont tu traças l'enceinte

Dans ton plus doux rêve, ô Seigneur!

Quand l'exilé revient dans ce lieu de délice,

L'hymne du grand triomphe éclate dans les cieux;

L'Éternel le reçoit, au sortir de la lice,

Dans ces palais harmonieux:

Le ciel frémit d'un vœu sublime,

Un cri de bonheur fend l'abîme,

L'univers tout entier tressaille en ce grand jour;

Le céleste concert ravit toutes les âmes,

Le cantique divin vole en notes de flammes

Dans un chœur de gloire et d'amour.

Ah ! je languis en pleurs dans ce vallon de larmes,

Car l'exil est partout, Seigneur, où tu n'es pas;

Je suis comme un soldat mutilé par ses armes,

    Et je marche dans le trépas !

    J'ai dit le soir à la nuit sombre :

    Le Seigneur est-il dans ton ombre ?

Et le matin j'ai dit à l'aigle audacieux :

Toi qui peux voir le jour sans baisser la paupière,

Fils de l'air, connais-tu le chemin de lumière

    Où doit passer le roi des cieux ?

Conduisez-moi vers lui dans cette autre patrie,

Vous qui m'avez déjà conduit jusqu'à ce port,

Rendez son espérance à mon âme flétrie,

    Le souffle de vie à la mort !

    Et de cet immonde repaire,

    Quand nous irons chez notre Père,

Vous lui direz : Ce fils que vous aviez perdu,

Qui s'était égaré dans des sentiers funèbres,

Ma main l'a ramené des portes des ténèbres,

Seigneur, et je vous l'ai rendu !

FIN.

TABLE.

—

FIN DE LA TABLE.

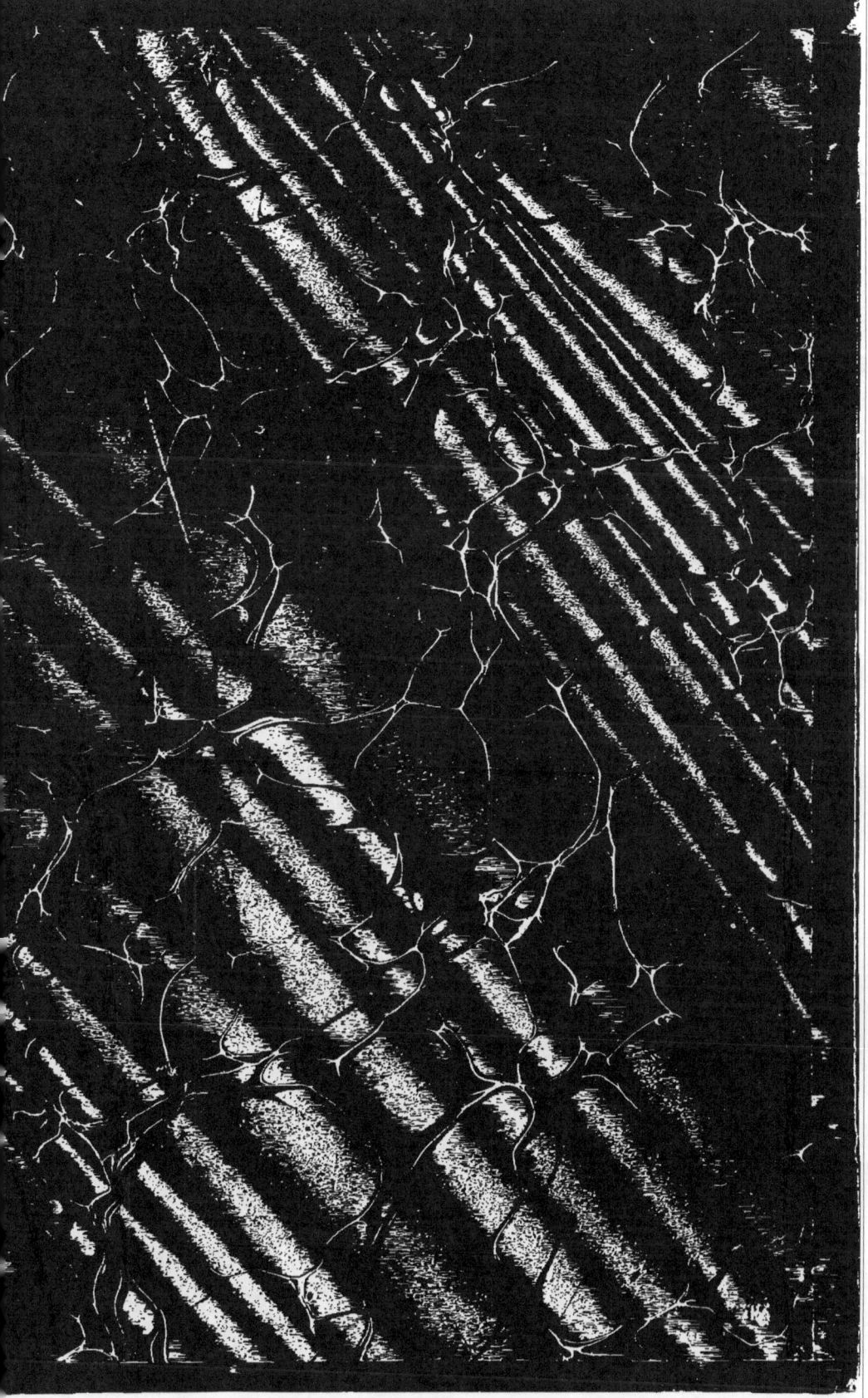

www.ingramcontent.com/pod-product-compliance
Lightning Source LLC
Chambersburg PA
CBHW060936030726
47503CB00003B/615